KRIMI**AUT**ORINNEN

MordsZeit

Mörderische Geschichten für Zwischendurch der
Österreichischen Krimiautor:innen

Impressum:
© Karina-Verlag, Wien
VLB-5263700
www.karinaverlag.at

Texte: Österreichische KrimiautorInnen
Illustrationen: Karina Pfolz
Layout: Karina Pfolz
Lektorat: Bruno Moebius
Covergestaltung: Karina Pfolz
Coverbild: Pixabay

23. November 2022, Karina Verlag, Vienna, Austria,
Print: ISBN: 978-3-903161-87-0
E-Book: ISBN: 978-3-903161-88-7

Inhalt:

KRIMIAUTORINNEN

MordsZeit

Mörderische Geschichten für Zwischendurch der Österreichischen Krimiautor:innen

Sachertorte

Anni Lemberger war 81 Jahre alt, seit einem halben Jahr Witwe und noch immer rüstig. Viel zu rüstig, fand ihr Neffe Stanislaus. Seit gefühlt einer Ewigkeit besuchte er seine Tante einmal wöchentlich in der alten Villa am Pöstlingberg, was ihm zunehmend lästig wurde. Aber die Villa lockte ihn, sie war ein Vermögen wert. Er hingegen konnte sich nicht einmal ein Grundstück in dieser Gegend leisten, geschweige denn darauf auch noch etwas Adäquates errichten lassen. Seit jeher fühlte er sich zu Höherem berufen, wenngleich er es bislang nicht geschafft hatte, dieses Höhere aus eigener Kraft zu erreichen. Irgendwann war er dann zu dem Schluss gekommen, dass er eben nachhelfen musste.

„Schau mal, Tante Anni, was ich dir mitgebracht habe!", sagte Stanislaus an der Türschwelle zur Villa stehend.

„Ja mei, Bub! Das ist aber lieb von dir!", erwiderte Anni freundlich, nahm die Pralinen entgegen und bat ihren Neffen ins Haus. Wie gewohnt kredenzte sie ihm **zwei** Stück frisch gebackene Sachertorte mit einer besonders dicken Schokoladeglasur und einem ansehnlichen Berg Schlagobers dazu. Das alles würde Stanislaus hastig verschlingen, dabei mehrmals auf die Uhr schauen und mit gut gefülltem Magen wieder verschwinden. Nur diese köstliche Torte wollte er sich nicht entgehen lassen.

Nach einer halben Stunde war Stanislaus wieder zur Tür hinaus.

„Schau mal, liebe Tante Anni, was ich heute für dich hab!“, sagte Stanislaus eine Woche später, als er abermals vor der alten Villa stand und seiner Tante Pralinen vor die Nase hielt. Nach **drei** Stück Sachertorte mit extra dicker Schokoladeglasur und einem Berg Schlagobers, der dem Großglockner Konkurrenz machte, verschwand er wieder.

Einige aufgegessene Tortenstücke später stand Stanislaus erneut vor seiner Tantes Tür. „Du siehst aber gar nicht gut aus“, sagte Anni zu ihrem Neffen. „Du musst dich schonen und das Leben genießen“, schob sie hinterher und ihm über den Tisch **vier** Stück Torte hin.

Als Stanislaus zu essen begann, erzählt er seiner Tante, dass er sich bereits seit Längerem nicht so gut fühle. Die Ärzte seien aber ratlos und könnten nicht feststellen, was ihm fehle. Gleichzeitig fragte er sich, wieso seine Tante noch immer bei so guter Gesundheit war? Bei seinem Onkel war alles viel schneller gegangen, dafür hatte er lediglich zwei Monate die mit Gift versetzten Pralinen vorbeibringen müssen. Wahrscheinlich hatte sein Onkel sie alle allein aufgegessen und seiner Ehefrau nichts abgeben. Oder Stanislaus' Tante war zäher als der alte Trottel.

„Aber wer isst denn jetzt die schöne Torte?“, fragte Anni ihren Neffen, als der nach einem halben Stück

Mehlspeise den Teller von sich schob. Schweiß glänzte auf seiner Stirn.

„Dann musst du sie halt essen", meinte Stanislaus und schnaufte verdächtig kurzatmig.

„Ich mag doch keine Schokolade, und diese Torte hab ich extra für dich besonders dick mit Schokolade überzogen, weil du das doch so liebst."

„Wie, du magst keine Schokolade?", wiederholte Stanislaus, dem es langsam zu dämmern begann, was los war. Seine ganzen Bemühungen, seine Tante wie seinen Onkel aus dem Weg zu räumen, um vorzeitig in die Villa einziehen zu können, schienen umsonst gewesen zu sein. Vielleicht hätte er sich doch ein wenig mehr um die alten Leute kümmern sollen, dann hätte er gewusst, dass seine Tante mit Schokolade nicht in die Grube zu kriegen war. Ein beklemmendes Gefühl legte sich auf seine Brust und er bekam kaum noch Luft.

„Nein, Junge! Schokolade schlägt sich bei mir auf die Verdauung, und in meinem Alter muss man schon sehr darauf achten, dass alles flutscht und läuft, so wie es soll. Sonst gehört man eines Tages auch zu der Gesellschaft, die sich nur noch über den Stuhlgang unterhält."

„Aber was machst du mit den ganzen Pralinen?", fragte Stanislaus entsetzt. Ihm schwante Böses, und seine Gesichtsfarbe wechselte in ein unnatürliches Blau.

„Daraus mache ich die Schokoladeglasur für deine Sachertorte!"

Eva Reichl

Späte Ordnung

Der Schlüssel passte noch. Wie schön, fristete er doch seit Jahren einen Schlummer des Vergessens im Handschuhfach. Gut, dass die Schlösser an Vorder- und Terrassentüre identisch waren, so konnte sie ungesehen über den Garten in das verlassen aussehende Haus gelangen. Vorsichtig drehte sie den Schlüssel, öffnete lautlos die Tür und schlüpfte hinein.

Bevor sie zu diesem Haus fuhr, war ihr Plan ein ganz anderer. Am Morgen kam ihr in den Sinn, dass es Zeit wurde im Keller für Ordnung zu sorgen. Seit Jahren verbannte sie angesammelte unnötige Dinge in Kartons und diese in den Keller. Sie wollte sich einfach keine Gedanken darüber machen, ob sie das eine oder andere doch noch brauchen könne oder nicht.

Inzwischen war der Keller bereits bedenklich überfüllt. Es half nichts, sie musste nun einen Tag für die Ordnung opfern. Bewaffnet mit einer großen Rolle Müllsäcke und ausgestattet mit schlechter Laune stieg sie hinab in den Ort des Scheußlichen.

Die ersten Stunden waren von Erfolg gekrönt. Alte Schulsachen der Kinder, Geschirr, Töpfe und Kleidung fanden die letzte Ehre in der Mülltrennung. Ihre schlechte Laune verwandelte sich mit jedem geleerten Karton mehr ins positive Denken. Doch dann waren die Kisten aus der Wohnung ihrer Mutter an der Reihe. Seit fünfzehn Jahren gut versteckt hinter all dem nutzlosem Zeug.

Damals hatte sie bei der Räumung einfach alles wahllos in Boxen geworfen und im Keller versteckt. Mögen sich doch ihre Nachfahren darum kümmern ... Aber jetzt wollte sie Ordnung, also musste sie diese Kisten durchsehen.

Selbst nach all den Jahren überrollte sie die Trauer wieder. So saß sie auf dem Kellerboden und betrachtete jedes Stück mit Liebe, erinnerte sich an Momente und weinte Tränen um jeden verlorenen Tag.

Nach Kleidung, kleinen Nippsachen und Büchern kramte sie einen Erste-Hilfe-Koffer heraus. Schon wollte sie ihn wegwerfen, als der Deckel aufsprang und der Inhalt sich auf dem Boden verteilte. Wütend über ihre Ungeschicklichkeit fasste sie nach Mullbinden und Pflastern. Da sah sie fünf Fieberthermometer aus Glas. Solche altmodischen, die noch mit Quecksilber gefüllt waren. Sofort erinnerte sie sich an die mahnenden Worte ihrer Mutter, wie gefährlich es war, wenn sie zerbrachen. Vorsichtig griff sie die unversehrten Teile und brachte sie in ihre Küche.

Sie wollte die Thermometer in Küchenrolle verpackt entsorgen, doch genau in diesem Moment erreichte sie eine neue Hassnachricht ihres Ex. Seit Jahren quälte er sie mit gemeinen, hinterlistigen und sexistischen Textnachrichten auf den verschiedensten Plattformen. Sperren half nichts, da er immer neue Wege fand. Spontan steckte sie die Päckchen in die Handtasche und entschloss sich zu einer kleinen Reise.

Endlich war es ihr möglich sich bei ihrem Ex mit einem kleinen Geschenk nachhaltig zu bedanken. Ein kleines „Goodie“ für die jahrelangen Lügen und sein nervenbelastendes nie endendes Dauerstalking. Zwar würde er das Geschenk nicht gleich finden, doch seine Freude daran umso länger anhalten.

Ihr erster Weg im Haus war ins Schlafzimmer. Sie befestigte eine Atemmaske vor Nase und Mund, zog Latexhandschuhe über, brach mit einem gezielten Schlag auf das Nachtkästchen die Spitze eines Thermometers ab und ließ die kleinen silbernen Tröpfchen zwischen Kästchen und Bett tröpfeln. Ihr nächster Stopp war das Büro, dort verteilte sie die kostbare Flüssigkeit hinter dem Bildschirm, im Esszimmer beglückte sie eine Tischlampe und die letzten zwei Thermometer fanden ihr Ende in den Schuhen.

„Ach, was wird er für eine Freude haben ...“, dachte sie, steckte die Reste der Thermometer in die inzwischen ausgezogenen Latexhandschuhe, wickelte alles wieder in die Küchenrolle und verließ das Haus ebenso unbemerkt, wie sie gekommen war.

Tage und Wochen vergingen. Die Stalking-Angriffe wurden langsam weniger, bis sie komplett aufhörten. Für die Frau kehrte endlich Ruhe ein ... und im Regionalblatt „Altsee“ erschien eine Meldung, dass ein Einwohner an einer mysteriösen Krankheit verstorben sei.

Karina Pfolz

Hedy und der Tankstellenüberfall

Wussten Sie, dass der 9. November der Tag der Erfinder ist? Anlass dafür ist Hedy Lamarrs Geburtstag. Jener österreichischen Schauspielerin, die in Hollywood Karriere machte, als eine der schönsten Frauen galt, als die erste Nackte in die Filmgeschichte einging und eine Funksteuerung für Torpedos erfand. Im Gegensatz zu Hedy Lamarr war Hedy Navratil aus dem Stuwerviertel nicht wirklich schön, schon gar nicht umschwärmt oder begehrt. Aber eine resolute Frau war sie, die Hedy Navratil, die anpacken konnte.

So putzte sie an fünf Tagen der Woche Bürogebäude und meist auch in den feudalen Häusern und Wohnungen ihrer Arbeitgeber, und wenn sie abends erschöpft nach Hause kam, freute sie sich über die Begrüßung ihres Katers Max, der schnurrend um ihre Beine schlich. Ausgiebig streichelte sie den Stubentiger, fütterte ihn und während er sein Nachtmahl genoss, entsorgte sie die Katzenexkremente im Müllsack und stellte diesen zur Wohnungstür. Nachdem sie geduscht hatte, machte sie es sich in ihrem Pyjama auf der Couch bequem. Genauso erholte sich die Hedy von einem anstrengenden Arbeitstag. Vor ihr auf dem Tisch standen ein Glas mit Rotwein, ein Teller mit belegten Brötchen und lag die Fernbedienung und gleich würde sie in eine Liebesgeschichte von Rosamunde Pilcher eintauchen. Kaum war das erste Mal die Landschaft von Cornwall zu sehen, zerstörte ohrenbetäubender Lärm in Form von entsetzlicher Ufz-Ufz-Ufz-Musik die Idylle. Verärgert über die Ruhestörung machte sich die Hedy Navratil auf die Suche nach dem Verursacher. Sie schlüpfte in ihre Patschen, streifte ihren Mantel über und da sie praktisch veranlagt war, nahm sie bei dieser Gelegenheit gleich das Mistsackerl mit.

Als sie aus dem Haus trat, bemerkte sie einen jungen Mann, der in einem tiefergelegten Cabrio deutschen Fabrikates saß und die Straße mit den Gedudel aus seinem Hi-Fi-Soundsystem beschallte. „Sag einmal, bist narrisch Bub, so einen Wirbel zu machen!" echauffierte sich die Hedy. Dabei fuchtelte sie derart energisch mit den Armen, dass der prall gefüllte Müllsack zu Bersten drohte. Aus Angst, sein Vehikel könnte als Müllabfuhr missbraucht werden, stieg der Fahrer auf Gas und es herrschte wieder Stille im Stuwerviertel.

Gerade als sie sich umdrehen und durch das Haustor treten wollte, bemerkte sie im Augenwinkel, dass in der Tankstelle noch immer Licht brannte, was um diese Uhrzeit ungewöhnlich war. Hedys Neugier war geweckt und so schlurfte sie über das Kopfsteinpflaster zur Tankstelle. Fassungslos blickte sie auf das Szenario. Eine vermummte Gestalt bedrohte den Tankwart mit einer Schusswaffe und dieser füllte eine Tasche mit dem Bargeld aus der Kassa. Hedy suchte in der Manteltasche nach ihrem Handy. Aber das lag in ihrer Wohnung. Als der Übeltäter nach der Tasche griff und aus der Tankstelle flüchtete, stürmte Hedy vor und stellte ihm das Bein. Nur leider funktionierte das nur im Fernsehen, denn erstens war die Hedy in ihren Hausschuhen zu langsam und zweitens ließ sich der Räuber davon nicht irritieren. Fast wäre Hedy gestolpert und deshalb ruderte sie mit den Armen, um das Gleichgewicht wiederzufinden und das Mistsackerl machte sich selbstständig. Der Räuber richtete die Waffe auf die seltsame Frau. Genau in diesem Augenblick, als er die Pistole hob, traf der Mist den Lauf der Waffe und dabei schlitzte das Schießeisen den Müllsack auf. Uringetränktes Katzenstreu rieselte über den Kopf des Vermummten und verströmte unerträglichen Ammoniakgestank. Max´ Exkremente klebten an der Maske des Täters, der von den unerwarteten Grauslichkeiten abgelenkt war. Diesen Umstand nutzte der Tankwart, griff nach einer Flasche Frostschutzmittel und schleuderte sie dem Übeltäter entgegen, der stürzte und dabei die Waffe und die Tasche verlor. Das Überraschungsmoment nutzend, setzte sich Hedy auf den Mann. Der Tankwart eilte mit Zurrgurten herbei. Gemeinsam fesselten sie seine Hände. Hedy verharrte in dieser Position bis die Polizei eintraf. Und für die nächste Woche waren Hedy und der Tankwart die Helden des Stuwerviertels.

Sabine Marx

Verwandte Seelen

Gruppeninspektor Blum ist sauer. Das gestrige Seminar. Dieses Geschwafel! Teamfindung. Kollektive Intelligenz. Fehlte nur noch, dass sie demnächst alle Händchen halten und Kumbaya singen. Weniger Überstunden und vor allem mehr Ordnungssinn täten's auch. Blum schnaubt. Irgendwo in diesem verdammten Magistrat muss doch Frau Mareks Zimmer sein. Da endlich! Dora Marek. Amtsrätin.

Als Blum eintritt, weicht der eben noch vorhandene Grant ergriffenem Staunen: Akten nach dem Alphabet, Büroklammern nach Größe und Marker nach dem Spektralfarbensystem geordnet. Verzückt schaut Blum auf die bröselfreie Tastatur des Computers und dann auf die Amtsrätin selbst. Was für eine propere Person! Vom mausgrauen Scheitel über das maßgeschneiderte Kostüm bis zu den polierten Schuhen. Nahezu ehrerbietig grüßt Blum und zeigt seinen Dienstausweis, ehe er sich auf einen klinisch sauberen Sessel setzt.

- Es geht um Frau Stohls tödlichen Sturz von der Feuertreppe, deren Betreten doch verboten ist.

- Offiziell ja, inoffiziell wird sie für Rauchpausen genutzt.

Blum denkt an seine Leute, die mit affenartigen Verrenkungen zum Fenster hinaus paffen. Und an die Tschick auf dem Sims!

- An besagtem Abend wurde gefeiert.

- Gefeiert ist gut. Oberamtsrätin Stohl war Fachbereichsleiterin. Ihre Einladungen ließen sich schwerlich ausschlagen.

- Gemeinsam feiern ist doch ... [Blum zögert] ... in Ordnung?

- Den Tag der Jogginghose?

- Warum nicht?

Dora Marek fixiert ihn mit dem resignierten Blick einer Lehrerin, die unterbelichteten Schülern zum wiederholten Mal die Grundrechnungsarten erklärt.

- Stellen Sie sich einmal unser Amt vor. Oder Ihres, wenn Ihnen das leichter fällt. Nun stecken Sie die dort Beschäftigten in Jogginghosen und verdonnern sie dazu, in diesem Aufzug Dienst zu versehen und am Abend den erbärmlichen Anblick auch noch zu begießen.

- Und wozu das alles?

- Unser Personal wird nicht aufgestockt, sondern zu Pflichtübungen in Teamfindung angehalten.

- Und die Jogginghosen sind Teil des Programms?

- Ja, ergänzt durch Outdoor-Aktivitäten, Steckerlspiele ...

- Steckerlspiele?

- Sie bilden eine durch Stöcke verbundene Schlange. Der Vordermann hat den Stock im LW5.

-Wo?

- Überm Arsch im Kreuz. Der Hintermann im Bauchnabel. Je länger Sie als Gruppe in dieser Formation

gehen, umso besser ist Ihr Team.

- Das war jetzt ein Scherz oder?

Nachsichtig schüttelt Marek den Kopf.

- Es geht um Kadergehorsam. Die Trainer manipulieren uns für teures Geld, damit wir die von der Fachbereichsleiterin gestellten Aufgaben effizienter umsetzen.

Blum erspart sich die Frage nach den Beliebtheitswerten der Verstorbenen.

- Und an besagtem Abend? Gab's da auch Steckerlspiele?

- Sie meinen, hinaus auf die Leiter? Nein. Frau Stohl war Kettenraucherin.

Blum sieht die Feuerleiter vor sich. Und Stohl mit der zigsten Zigarette.

- Wohin hat sie die Stummel geworfen?

- In eine leere Früchtecocktail-Dose.

Auch Blum hat solche Dosen auf dem Revier verteilt. Ohne nennenswerten Erfolg. Wenn's ihm zu viel wird, legt er selbst Hand an. Tschick werden eingesammelt, Mappen Falz auf Falz gestapelt, Post-its von den Bildschirmen entfernt, Familienfotos nach Scheidungsdatum geordnet. Die Reaktionen darauf sind, nun ja, gemischt.

- Unmittelbar vor dem Sturz waren auch Sie auf der Feuerleiter.

Blum sieht die übervolle Dose. Kippen auf dem Treppenabsatz. Der zwanghafte Impuls, Ordnung schaffen zu müssen. Das erniedrigende Gefühl, in Jogginghosen auf dem Boden zu kriechen, während Stohl am Geländer lehnt und pofelt.

- Sie haben aufgeräumt, die Feuerleiter von allem Unrat befreit, nicht wahr?

Dora Marek nickt und lächelt. Nein, sie strahlt. Das bekommt ihr. Blum zögert. Im Bericht steht: Unfall. Die Todesursache ist bereits amtlich. Sozusagen. Es war nur ein Gefühl. Die Fotos von der Toten, die Tschick auf dem Asphalt. Deshalb ist er hergekommen. Aber wen interessiert das schon? Viel wichtiger ist doch die Antwort auf die Frage:

- Frau Marek, wie essen Sie den Früchtecocktail? Den aus der Dose.

- Ich beginne mit den zartgrünen Weintrauben, dann kommen die nahezu weißen Birnen, danach gelb, also zuerst die Ananas, deren Gelb heller ist als das der Pfirsiche, und zum Schluss die roten Kirschen.

Nun strahlt auch Blum. So was von System! Diese Frau muss er einladen. Zum Essen. Nur schade, dass Dora für Buchstabensuppe schon zu alt ist.

Eva Holzmair

Niedrigere Mathematik

„Was ergibt 2 + 2?“

Inspektor Grohsman starrte auf das Blatt auf dem Schreibtisch. Ein Satz. Computerausdruck. Wie war es auf seinem Tisch gelandet und was hatte es zu bedeuten? Morgen war der Vierte, hatte jemand aus dem Team Geburtstag? Nein. „Ich hab keine Zeit für so einen Mist.“ Er warf das Blatt in eine Lade.

„Tag, Boss. Die Wetterkapriolen sind echt zum Kotzen. Hat schon wieder eine Omi erwischt, die wurde erst nach drei Tagen gefunden. Die Einsamkeit der Stadt …“, philosophierte seine Kollegin Joe Kettler. Sie hielt ihm die Zeitung entgegen.

Grohsman überflog den Artikel. „Bereits die zweite Pensionistin … Herzinfarkt … mehrere Tage tot in der Wohnung … Geruch machte Nachbarn aufmerksam …“ – Tragisch.

Zwei Tote. Zwei plus …? Blödsinn. Die erste Frau war 87 gewesen, die zweite sogar 91. Da kann einem das Wetter schon zu schaffen machen.

Etwas ließ ihn aufhorchen. „Die Frau hatte bisher nie Herzprobleme“, wurde der Hausarzt der 91-Jährigen in einer Zeitung zitiert. Warum nicht nachfragen.

„Sie hatte ein Herz wie ein Uhrwerk. Aber sie war halt alt“, meinte der Doktor.

Und die erste Frau? Die 87-Jährige? Grohsman machte deren Arzt ausfindig und rief ihn an.

„Grohsman, Kripo …“

„Sie gehen der Sache nach? Danke."

„Nachgehen? Haben Sie eine Anzeige gemacht?"

„Nein, hab's nur dem Polizisten vor Ort gemeldet. Der Amtsarzt hat Herzversagen diagnostiziert. Auf dem Nachtkästchen der Toten lag eine Packung Digitoxin."

„Wird bei Herzproblemen verschrieben, oder?"

„Richtig. Hatte sie aber nicht. Sie war sehr fit für eine Frau ihres Alters. Sie war bloß einsam."

Grohsman rief den Staatsanwalt an.

Eine Woche später meldete sich die Gerichtsmedizin. „Grohsi, hast recht g'habt. Beide Frauen starben an einer Überdosis Digitoxin, die sie nie verschrieben bekommen haben."

„Zwei gleiche Tötungsdelikte?"

„Nein. Gestern hab ich den dritten Toten auf den Tisch bekommen. Männlich, 89, einsam, lag vier Tage in der Wohnung. Überdosis Digitoxin."

2 + 2. Zwei Frauen, zwei Männer? War der Vierte bereits tot? Was vereinte die drei Toten, bis auf die Tatsache, dass sie niemand vermisste? Geburtsorte, Ausbildung, Sternzeichen … Grohsman war den absurdesten Ideen nachgegangen. Nachbarn, Überwachungskameras aus den Wohnumgebungen der drei Toten – nichts. Die erste Tote war vor mittlerweile siebzehn Tagen umgebracht worden. Die zweite vor elf. Der dritte vor fünf. Jeweils sechs Tage Unterschied. Dann war der vierte … morgen dran?

Er betrachtete die Fotos der Wohnungen der Toten. Moment. Das war doch …

Es läutete. „Paketdienst!“

„Ich hab nichts bestellt …“ Die Stimme des Alten zitterte so heftig wie seine Hand.

„Da steht Ihr Name drauf. Vielleicht ein Geschenk?“

„Aha …“

„Entschuldigen Sie … mir ist schwindlig … Haben Sie ein Glas Wasser? Darf ich mich kurz setzen?

„Ja. Kommen Sie weiter.“

„Diese Hitze! Sie sollten auch ein Glas Wasser trinken, sonst ist Ihr Kreislauf hinüber ...“

„Stimmt.“ Er holte zwei Gläser. Dann schlurfte er ins Vorzimmer, um das Päckchen zu holen. „Jö, eine Schneekugel! Wer schenkt mir denn sowas?“

„Keine Nachricht?“

„Nein.“

„Merkwürdig. Na, dann prost!“

„Nein. Ich falle auf Ihre Masche nicht rein.“

„Was? Welche Masche?“

„Sie wollen mich umbringen. Wie die anderen. Ich bin alt, aber nicht blöd. Ihre Freundin hat eine Diplomarbeit über ‚Einsamkeit in der Stadt‘ geschrieben. Dazu hat sie je zehn Frauen und Männer befragt. Davon sind zwei Frauen und ein Mann tot. Bei allen waren Sie mit der gleichen Tour. Schneekugel, kein Absender.“ Seine Stimme bebte.

„Und was nützt dir dein Wissen, Alter? Ich tu euch bloß einen Gefallen. Schert sich doch niemand mehr um euch!“

„Die Polizei ist Ihnen auf der Spur. Bei den Toten wurden Ihre Pakete gefunden. Die kein Paketdienst auf der Liste hat."

„Du wirst jetzt trinken!!!"

„Sicher nicht." Grohsman nahm die Perücke ab und sprach mit normaler Stimme. „Sie sind festgenommen. Nun kann Ihre Freundin ihre Doktorarbeit über die Einsamkeit in Gefängniszellen schreiben."

Mina Albich

Eiskalt

An einem eisigen Morgen im Jänner 1911 stapfte die Marktfrau Rosa Mrkwiczka durch den frisch gefallenen Schnee zu ihrem Stand am Wiener Naschmarkt. Vor dem Eingang lag ein Bündel Fetzen. Verschlafen bückte sie sich, um das Zeug aufzuheben. Das Bündel war gar nicht so leicht, und aus den Fetzen fiel die nackte Leiche eines Neugeborenen zu Boden. Die Marktfrau bekam einen Schreikrampf, es bildete sich ein Menschenauflauf.

Als eine halbe Stunde später Inspektor Joseph Maria Nechyba eintraf, schauderte ihn beim Anblick des toten Säuglings. Er atmete tief durch und fragte dann die umstehenden Marktweiber: »Wer von den Dienstmädeln und Frauen, die hier am Naschmarkt einkaufen, ist schwanger?«

Er bekam eine Reihe von Hinweisen. Die Polizeiagenten seiner Gruppe schwärmten aus und überprüften alle Angaben. Ein Dienstmädel blieb schließlich als Verdächtige übrig. Während des Verhörs konnte sie nicht erklären, wohin ihr Kind verschwunden war. In väterlichem Ton sagte Nechyba: »Komm, Kinderl, erleichtere dein Gewissen. Wir wissen, dass du bis gestern schwanger warst. Und heut bist es nicht mehr ...«

Plötzlich wurde die Tür zum Verhörzimmer aufgerissen. Eine cholerisch kreischende Dame stürzte herein:

»Dauernd drückt sich der Trampel von der Arbeit. Sitzt da herum, statt bei mir im Haushalt was weiterzubringen!«

»Sie sind die Arbeitgeberin von dem Mädel?«

»Ja freilich! Das faule Mensch nehm ich jetzt mit heim, damit's die Dreckwäsch von heute Nacht wascht.«

»Ja so a Geburt ist a blutige Angelegenheit ...«

»Genau! Kinder machen immer nur Dreck! Deshalb hab ich den Bankert ...«

Weiter sprach sie nicht. Aber Joseph Maria Nechyba reichte das, um die Cholerikerin zu verhaften. Einen Tag später fand er dann einen Zeugen, der die feine Dame bei der nächtlichen Kindesweglegung beobachtet hatte. Vater des toten Säuglings war übrigens ihr Ehemann ...

Gerhard Loibelsberger

Weihnachtsfrieden

Verdammt, wie ich Weihnachten hasse. Schon im Oktober schmalzt aus den Lautsprechern im Supermarkt, im Kaufhaus, im Einrichtungstempel ein Weihnachtsschmachtfetzen nach dem anderen aus den Lautsprechern. Bis Weihnachten steht einem das bis oben hin. Mich wundert, dass nicht öfter die Leute bei dem Christmas-Gedudel den reichlich konsumierten Punsch im Fahrstuhl auskotzen.

Weil's eh schon wurscht ist, kommen zu Weihnachten auch noch all die lieben Verwandten angerauscht, die du aus gutem Grund das ganze Jahr weder siehst noch hörst. Die Pepi-Tant, die ihren depperten Hans – ihre Diktion – keinen einzigen Satz zu Ende sprechen lässt, weil sie ohnehin alles besser weiß. Und Onkel Hans, der gute Latsch, lässt sich das alles gefallen. Weil er seine Pepperl eben liebt. Sie meint es ja nicht so! So gesehen ist er wirklich deppert.

Ilona, meine jüngere Schwester mit ihrem neureichen Gatten. Mann darf man nicht sagen, das klingt so pöbelhaft. Und ihren zwei Kids. Dieses Duo Krawallo ist der inkarnierte Wahnsinn. Dabei sind sie erst vier. Nicht auszudenken, was die anstellen werden, wenn sie sieben sind. Alles, was nicht angenagelt ist, wird zu Boden gedonnert, alles was lebt, rennt um sein Leben. Mein Hund verkriecht sich schon im letzten Winkel im Garten, wenn das Auto dieser Familie vorfährt.

Dann hätten wir noch die fast taube und blinde Urli zu bieten. Sie versteht ohnehin nur die Hälfte und stellt zur Unzeit die peinlichsten Fragen. Zum Beispiel, wenn die Pepi-Tant den grässlichen Wandteller auspackt, den du vor Jahren von irgendwem selbst als Geschenk bekommen hast und den du endlich loswerden wolltest. Nix kriegt sie normalerweise mit! Aber genau in dem Augenblick ist sie hellwach, registriert alles und muss es auch noch kommentieren. Ist das der furchtbare Teller, den dir der Häfenbruderfreund vor fünf Jahren geschenkt hat?

In so einem Augenblick könnte man zum kaltblütigen Mörder werden. Der Häfenbruderfreund war übrigens ein Freund unseres Bruders, der eine Zeit gesessen hat. Kurz vor Weihnachten wurde er entlassen und brachte den Zellengenossen einfach zur Familienweihnachtsfeier mit.

Ilona und ihr Gatte achten darauf, dass der Name unseres Bruders nie in Anwesenheit ihrer lieben Zwillinge fällt. Er könnte einen schlechten Einfluss auf die Kinder haben. Ich denke, die zwei könnten vielmehr ihm noch eine ganze Menge beibringen. Zumindest an Kaltblütigkeit und Grausamkeit.

Irgendwann ist das große Fressen dann vorbei. Die Monsterkids prügeln sich um die Geschenke, übertreffen mit ihrem Gebrüll das aus dem Radio plätschernde „Stille Nacht“ bei Weitem, die Pepi-Tant flößt ihrem Hans ein weiteres Achtel Rot ein, damit er endlich so besoffen ist, dass er gar nicht mehr dran denkt, irgendetwas zu sagen, weil er eh keinen graden Satz mehr rausbringt. Da frier ich vor Gemütlichkeit.

Später sitzt die liebe Familie um den Christbaum, die Kerzerln brennen, selbst die Kinder sind mal kurz ruhig und sammeln ihre Kräfte für die nächste Runde Streit und Krawall. Da lasst die Urli einen fahren, woraufhin Ilona fast einen Herzinfarkt bekommt, die Zwillinge das Geräusch möglichst täuschend echt zu imitieren versuchen, der göttliche Gatte eine Schreikrampf kriegt und der letzte Minirest von Weihnachtsstimmung endgültig den Bach runter geht.

Aber heuer wird alles anders. In der Weihnachtsbäckerei, die beim Ankommen alle zum Kaffee in sich reinstopfen, und im Kakao für die lieben Kleinen ist eine ganze Packung Rohypnol. Nein, ich will sie nicht umbringen, obwohl es wirklich verlockend wäre und ich vielleicht sogar Dankschreiben bekäme. Und wenn einer von ihnen abkratzen sollte, naja, wäre nicht wirklich schade. Aber vermutlich werden nur alle sehr lang und gut schlafen, die Verfressensten am längsten.

Mein Haus ist verkauft, das Geld angelegt und mein Konto auf eine hier nicht bekannte Bank transferiert. Die Koffer sind gepackt und liegen im Leihauto, das ich am Flughafen abgeben werde. Der Hund wohnt seit einer Woche bei einer Freundin. Ihn werde ich echt vermissen.

Der Flieger nach Surabaya geht um 22 Uhr. Das geht sich locker aus. Dort wird sich meine Spur verlieren. Und dann – nie wieder Weihnachten, nie wieder Familie!

Veronika A. Grager

Nachbarn

Es soll keiner sagen, ich hätte es nicht im Guten versucht, soll keiner sagen, ich hätte mich nicht bemüht dem Blonden das Haus auf legalem Weg abzukaufen. Das hab‘ ich sehr wohl. Ich habe dem Blonden mehr als ein Angebot gemacht. Mehr als eines! Das waren Angebote nach denen sich andere Hausbesitzer alle zehn Finger abgeleckt hätten. Großzügige Angebote! Aber der Blonde war stur. Zu stur! In Wahrheit brauchte er das Haus nicht, das heißt, natürlich brauchte er ein Haus, aber nicht ausgerechnet das. Ich brauchte es – er nicht. Er hätte in irgendeinem Haus wohnen können. Um das Geld, das ich hinzublättern bereit war, hätte er sich ein größeres und schöneres Haus kaufen können, irgendwo in einer weitaus besseren Gegend. Aber er wollte nicht. Er war eben stur.

Aber ich kann auch stur sein. Sehr stur! Und dass ich das Haus haben musste, war mir spätestens seit dem Abend klar, als er mir von dem Swimming-Pool erzählte, den er im kommenden Jahr bauen wollte. Eine lächerliche Idee übrigens, in einem Garten, der gerade einmal zweihundert Quadratmeter hat, einen Pool zu graben. Zuerst versuchte ich ihm diesen Blödsinn auszureden, aber es hatte keinen Sinn. Also machte ich ihm ein Angebot für das Haus. Auch sinnlos. Dann noch ein Angebot und noch eines und noch eines. Alle sinnlos. Er blieb stur. Allmählich dämmerte es mir, dass er die Angebote aus purer Boshaftigkeit ablehnte. Er war einfach ein boshafter Mensch.

Aber ich kann auch boshaft sein. Sehr boshaft! Ich musste nicht lange überlegen wie ich ihn packen konnte. Seine Eifersucht war bekannt. Mehr als einmal habe ich gehört, wie er die Spanierin angebrüllt hat. Hässliche Szenen waren das. „Wo warst du am Nachmittag? Wieso war dein Handy aus? Hast du dich wieder mit ihm getroffen? Hat er dich besprungen? Wo habt ihr es getrieben? Wie oft?“, und so weiter. Scheußlich. Dabei hat sie ihn nie betrogen. Jedenfalls soweit ich das verfolgen konnte. Aber jetzt kam mir seine krankhafte Eifersucht zur Hilfe. Ich kaufte ein Wertkartenhandy. Anonym. Ich rief sie öfters an. Natürlich nur, wenn er zu Hause war. Als ich sicher war, dass er ihre SMS las, schrieb ich ihr ein paar sehr eindeutige Nachrichten. Ihm wiederum schickte ich anonyme Briefe von „einem der es gut meint“. Ich sparte nicht mit saftigen Details.

Er nahm sich öfters frei, kam zu völlig unerwarteten Zeiten nach Hause, um sie zu überraschen. Dass er sie dabei immer alleine antraf beruhigte ihn keineswegs. Wie krankhaft eifersüchtige Menschen nun einmal sind, bestätigten ihm diese Fehlschläge nur, wie raffiniert sie und ihr vermeintlicher Liebhaber in Wahrheit waren. Eifersucht kann einen eben völlig verrückt machen – ich kenne das.

Ich legte noch ein Schäufelchen nach. Immer wenn sie zusammen wegfuhren, drang ich in das Haus ein und hinterließ kleine Andenken, die er dann im Laufe der nächsten Tage fand. Eine Männerunterhose im Wäschekorb zum Beispiel. Es war mir klar, dass er ihn regelmäßig durchsuchte. Ein Feuerzeug, eine nicht einmal so billige Perlenkette bei ihren Schmucksachen, eine angefangene Packung Zigaretten unter dem Sofa… Natürlich eine Marke, die sie beide nicht rauchten. Schließlich zwei benutzte Kondome im Mülleimer des Badezimmers. Fragen sie mich nicht, wie ich sie befüllt habe.

Vom Fenster meiner Mansarde aus hatte ich einen wunderbaren Einblick in das Wohnzimmer der beiden und weidete mich an den Szenen die sich abspielten wenn er einen von mir ausgelegten Köder fand. Als er einmal ein paar Stunden alleine zu Hause war, konnte ich ihn dabei beobachten, wie er in Wohn- und Schlafzimmer Kameras versteckte. Da kam mir eine hervorragende Idee! Ich beschloss den Ton ein paar recht lebhafter Minuten eines Pornofilmes aufzunehmen. Nach einigem Suchen im WEB fand ich sogar einen, bei dem die Hauptdarstellerin ein paar Anfeuerungsrufe auf Spanisch von sich gab. Ich nahm das auf mein Smartphone auf, wartete auf die Gelegenheit und drang mit Mantel, Hut und Schal über die Vordertür ein. Mit gesenktem Gesicht ging ich kurz ins Wohnzimmer, um die Bewegungsmelder zu aktivieren, verließ es sofort wieder, rumorte eine Weile im Bad herum, kicherte wie sie, brummte mit tiefer Stimme Antworten und stieg dann mit den Tonaufzeichnungen des Pornos ein. Anschließend ließ ich das Wasser laufen, murmelte wieder vor mich hin, flüstere Unverständliches und verließ das Haus wieder. Kaum fünfzehn Minuten später kam sie heim.

Ich weiß nicht genau wann er die Aufzeichnung seiner Kameras gesehen hat und ich weiß auch nicht genau, was sich im Wohnzimmer des Blonden und der Spanierin abgespielt hat, denn irgendwann in dieser Nacht wurden alle Vorhänge im Haus zugezogen. Seither habe ich die Spanierin nicht mehr gesehen. Ich fragte ihn zwei Tage später unschuldig nach ihr... aber er antwortete nur wirres Zeug von einer plötzlichen Reise zu ihrer Mutter.

Zwei Tage später gab ich der Polizei einen anonymen Hinweis. Wieder zwei Tage später hatten sie ihn so in die Mangel genommen, dass er gestand. Sie gruben die Spanierin aus. Die Prozedur erinnerte mich unangenehm daran, wie sie vor fünf Jahren meinen Garten systematisch umgegraben hatten, weil sie glaubten ich hätte meine verschwundene Frau unter dem Rasen verscharrt. Gefunden hatten sie damals nichts. Aber diesmal waren sie erfolgreich. Dieser durchtriebene Mistkerl hatte die Spanierin ausgerechnet neben dem Komposthaufen in meinem Garten vergraben! In meinem!

Nach dem ersten Schock fühlte ich ein unendliches Gefühl der Dankbarkeit. Denn – hätte er sie in seinem eigenen Garten eingebuddelt, so wären die Bullen beim Ausgraben womöglich auf Elvira gestoßen, die ich vor

fünf Jahren dort entsorgt hatte. Und dann hätte ich ein Problem gehabt. Auch ohne Swimmingpool.

Nachdem ich scheinbar der Einzige war, der ihn im Bau besuchte, wurde er schließlich schwach und verkaufte mir das Haus. Jetzt sind Elvira und ich wieder vereint. Eigentlich ein schönes Gefühl. Manchmal gieße ich den Rasen über ihr und flüstere ihr zu: „Mit dem Blonden wirst du es nie wieder treiben, mein Schatz."

Günther Pfeifer

Große Firmen bluten stärker

Der Brief landete am Montagmorgen auf dem Schreibtisch des österreichischen Geschäftsführers der Draft Foods Incorporation, Mag. Ralf Ronström. Nach einem kurzen Überraschungsmoment fasste er sich und erinnerte sich der Vorgangsweise, die in einem derartigen Fall auf diversen Managementseminaren sattsam durchgekaut worden war. Er nahm aus einem Kasten Einweg-Gummihandschuhe, stülpte sie über, schob den Brief in eine Klarsichtfolie und gab per Telefon seiner Sekretärin einige Anweisungen. Dann entledigte er sich der Handschuhe und ließ sich seufzend in den schweinsledernen Bürostuhl fallen.

Nach nicht einmal einer halben Stunde betrat der massige Oberst Karl Tannhacker Ronströms Büro, gefolgt von seinem Kollegen, Bezirksinspektor Frankie Gareis.

„Ich bin Tannhacker vom Landeskriminalamt. Normalerweise gehören solche Sachen nicht zu meinem Tätigkeitsbereich, aber in diesem Fall musste ich für einen Kollegen einspringen. Also, her damit ...!“, brummte er und hielt ihm seine fleischige Hand entgegen.

Ronström händigte ihm die Klarsichtfolie mit dem Brief aus. Emotionslos las sich Tannhacker das Schreiben durch.

An euch Steuerschmarotzer und Umweltverbrecher!

Während ihr diesen Brief lest sind schon unzählige, vergiftete Joghurt- Drinks eures Konzerns in den Regalen. Um uns zu stoppen, müsst ihr bluten!
Haltet schon einmal fünf Millionen Euro bereit. Wann und wo die Übergabe stattfindet, werden wir euch noch mitteilen.

SATTSAM

Mit steinerner Miene gab Tannhacker den Brief an Gareis weiter und wandte sich an Ronström. „Was haben Sie schon unternommen, beziehungsweise was gedenken Sie noch zu tun?“

Der smarte Manager breitete unschuldig seine Arme aus und schaute verwundert: „Ich habe Sie unverzüglich informiert. Was hätte ich noch tun sollen?"

„Machen Sie sich keine Sorgen, dass irgendwer zu Schaden kommen könnte?"

„Was stellen Sie sich vor? Sollen wir vielleicht wegen eines dämlichen Briefes unsere Produkte wieder einsammeln? Wissen Sie eigentlich, welche wirtschaftlichen Einbußen uns bei so einer Rückrufaktion drohen?"

Tannhacker schüttelte süffisant grinsend seinen feisten Kopf und verließ grußlos das Zimmer.

Am nächsten Morgen wurde Tannhacker durch laute Schläge gegen seine Wohnungstür geweckt. Er öffnete in Boxershorts und einem T-Shirt, dessen halblustiger Aufdruck nicht mehr erkennbar war. Vor der Tür stand aufgeregt Gareis. „Wir haben schon sechs Vergiftungsopfer, fünf sind im Spital, eine Frau – eine gewisse Cordula Stiftsberger – ist in der Prosektur, Nierenversagen! Im Augenblick sind alle Kollegen damit beschäftigt, diesen Joghurt-Drink aus den Regalen zu verbannen. Aus dem Labor haben wir auch schon ein Ergebnis: Das Gift, das verwendet wurde, war Di-Ethylen-Glykol." Tannhacker grunzte: „Das haben wir doch früher mit unserem Wein gesoffen!"

Nach einer Stunde standen sie im Büro von Mag. Ronström. Sein hautenger Anzug wies unschöne Schweißflecken in den Achseln auf. „Es ist eine Tragödie!“, beschwerte er sich wild gestikulierend. „Wer konnte denn mit so etwas rechnen?“

„Wir!“, knurrte Tannhacker.

Schon einige Tage später fand in der renommierten Rechtsanwaltskanzlei Gauss & Grimmenstein eine Besprechung mit den Angehörigen der Opfer dieses perfiden Giftanschlages statt. Dr. Edmund Grimmenstein erläuterte ausführlich die geplante Vorgehensweise seiner Kanzlei gegen die Draft Foods Incorporation. Alle Anwesenden billigten diesen Modus Operandi und erklärten sich durch eine Unterschrift mit der Sammelklage einverstanden.

Dr. Grimmenstein entließ die sechs Personen, einem Mann deutete er noch zu bleiben. „Herr Stiftsberger, auf ein Wort. Ich kann Ihnen Ihre Frau leider nicht zurückbringen, aber eines kann ich Ihnen versichern: Die Draft Foods Incorporation wird bluten! Und da denke ich an einen siebenstelligen Betrag ...“

Ergriffen drückte Thomas Stiftsberger die Hände des Juristen und fuhr heim.

In seiner Garage rief er von einem nicht registrierten Handy seine Arbeitskollegin an, die seit fünf Monaten auch seine Geliebte war, und schüttete das restliche Di-Ethylen-Glykol in den Abfluss.

Alexander Kautz

Friedhofsdiebe

Weinrot, Lila und Violett war das erste, was ich von meiner neuen Chefin sah. Das waren die Farben des Wollponchos, der ihre Kurven, die Ausmaße einer Venus von Willendorf hatten, nur unzureichend verhüllten. Sie schob sich verkehrt durch die gläserne Eingangstür des Gemeindebaus, in dem sie wohnte, und schäkerte dabei mit einem Foxterrier, der das zu schnappen versuchte, was sie in ihren Händen hielt. Eine Schaumrolle.

„Nein, Fritzchen, du willst doch so ein schöner, drahtiger Bursche bleiben, oder nicht?"

Der Figur des Hundes hätte das Geschenk nichts ausgemacht, jener meiner neuen Chefin ... doch ein frisches Arbeitsverhältnis fing man am besten nicht mit respektlosen Gedanken an. Außerdem war ich damit beschäftigt, Schuhe, Strümpfe, Rock und Rollkragenpullover der Lady zu – äh, ja, bewundern, denn sie erstrahlten allesamt in Variationen der Ponchofarben und harmonierten so bestens mit dem Strauß Astern in ihren Händen. Glücklicherweise hatte sie ihren Pagenkopf schwarz gefärbt – eine Oase für meine beanspruchten Augen.

Als sie meiner ansichtig wurde, strahlte sie auf. „Schön, da ist ja mein neuer Garderobenständer."

Garderobenständer? Ich beschloss, mich verhört zu haben. „Guten Tag, Frau Miller. Alfred Raich, mit ..."

„A. Wie der Benni, ich weiß. Wir könnten miteinander Schifahren gehen.“ Sie zwinkerte mir zu. Ich benötigte eine Sekunde, bis ich begriff, dass sie auf den US-Bode und ihren Nachnamen anspielte. „Du darfst mich Ed nennen, Fredi.“ Die männliche Abkürzung ihres Vornamens Edwina sollte wohl einen Kontrapunkt zu der üppigen Weiblichkeit schaffen. „Auf, auf, mein Guter, wir dürfen Polizei spielen. Allerdings machen wir vorher einen kleinen Umweg.“

Das Ziel desselben quer durch die Stadt war der Hietzinger Friedhof, wo sie ihrem verstorbenen Bruder die Allerheiligenehre erweisen wollte. Auf der Fahrt erklärte mir Ed, dass die Detektei Miller & Son manchmal inoffiziell von einem befreundeten Chefinspektor hinzugezogen wurde. Zu den Details hielt sie sich bedeckt. Stattdessen versicherte sie mir wortreich, wie glücklich sie sei, nun endlich wieder einen persönlichen Assistenten gefunden zu haben. Und ich sei wirklich der perfekte Garderobenständer. Schon wieder dieses Wort.

Während sie bei einem der Stände am Friedhofseingang eine Kerze kaufte, suchte und fand ich angesichts der allesamt gleich aussehenden und daher meditativ wirkenden Kränze und Gestecke meinen lässigsten Ton. Und so konnte ich, als wir die Gräberreihen entlanghetzten, doch endlich fragen, wie sie das meine.

„Du bist so perfekt unscheinbar, Fredi. Ideal für unsere Arbeit. Man übersieht dich einfach wie einen Garderobenständer. Was man von mir ja nicht behaupten kann." Sie lachte herzhaft.

Ich verzog den Mund, doch mir wollte partout kein Grinsen gelingen. Eine Reaktion meinerseits war aber ohnehin obsolet, denn Ed winkte einem Friedhofsgärtner zu, der gerade einen verwelkten Kranz auf seinen Mistwagen hievte, worauf der Berg ins Rutschen kam und ein anderes Gesteck auf den Boden fiel. Es war eines von der Massenware am Eingang und meiner Meinung nach nun genau am richtigen Ort.

Der Mann hob den Daumen und rief lächelnd: „Wieder sehr edel heute, Frau Miller."

Sie zupfte an ihrem Poncho und meinte: „Freut mich, dass es Ihnen gefällt, Boris."

Nun ja, Geschmäcker und Watschen sind bekanntermaßen …

Ed stieß mich mit dem Ellenbogen in die Seite. „Er gibt nicht auf. Glaubt, dass er durch mich an meine Freundin Betty herankommt. Ist ein Netter, Gescheiter, aber Gärtner ist ihr halt zu minder."

Ein Schrei lenkte uns ab. Zwei Gräber entfernt ruderte eine trotz Daunenmantels dürr wirkende Mittfünfzigerin mit den Armen und schnappte nach Luft.

„Was ist los, Betty?", fragte Ed.

Die Senioren-Twiggy stürzte auf uns zu. „Gut, dass du da bist, Ed. Mein Gesteck ist schon wieder gefladert."

„Schon wieder?"

„Das dritte in einer Woche."

„Ja, wer tut denn sowas?“

„Das kann ich dir sagen.“ Twiggy stellte sich ganz nah zu uns, ihr süßliches Parfum ließ mich nach Luft schnappen. „Das ist die Maschek dort drüben.“ Sie deutete auf eine Frau in Loden drei Gräber weiter. „Die war Zeit ihres Lebens sierig. Ich hab’s ihr auf den Kopf zugesagt, aber sie behauptet, das sei Zufall, sie hätte eben den gleichen Geschmack. Lächerlich. Geschmack hat sie noch nie gehabt.“

Auf dem Grab der Kontrahentin lag eines der Ungetüme vom Eingang – mit Gold besprühte Zapfen und Plastikblumen. Wie gesagt, Watschen und so weiter.

„Aber Betty“, wandte Ed ein, „die Maschek hat das doch wirklich nicht notwendig.“

Twiggys irrlichternder Blick erstarrte. „Oder es war der Berner. Der hat meinen Gustl nie leiden können.“ Sie nickte in Richtung eines Mannes, der gedanken- oder gebetsverloren auf einem Stockerl bei einem Grab saß, auf dem ebenfalls ein Goldunding thronte. Wie auch noch auf vier weiteren Gräbern der Umgebung. Der Blumenhändler musste enormen Umsatz gemacht haben. Und das seit Tagen, wenn die Dinger inzwischen schon wieder im Mist landeten.

„Oder es waren diese ...“ Twiggys Stimme troff vor Abscheu. „Alternativen. Die haben sicher kein Geld für was Eigenes.“

Mein Blick suchte und fand ein vielleicht dreißigjähriges Pärchen, das trotz der Kälte in Birkenstocksandalen vor einem Grab mit Goldunding standen.

„Wir klären das jetzt, Betty", erklärte Ed resolut.

Und dann durfte ich meine neue Chefin das erste Mal im Einsatz erleben. Der Reihe nach verwickelte sie die Verdächtigen in eine Bassenatratscherei, wobei die Bewunderung des Goldgestecks stets den Höhepunkt darstellte. Die Maschek meinte: „Ich find's ja grässlich, aber es war ein Sonderangebot. Und bei meiner Pension ..." Der Berner weinte: „Ja, die Emma hat immer alles mit Gold so gern mögen. Goldengerl, Goldsterne ..." Und die Frau des Alternativ-Pärchens erklärte: „Blöde Idee, das zu kaufen. Die Plastikblumen sind zwar gut, weil wir es so selten hierherschaffen, aber so verdammt schlecht für die Umwelt."

„Klingt alles plausibel", raunte mir Ed zu, als wir zurückgingen. „Ich bin ein bissel ratlos." Ansatzlos blieb sie stehen und zeigte zum Grabstein. „Und was ist das, Betty?"

Da lag etwas zu nahe am Rand ein Rhombus aus Efeu, der mit weißen Beeren und hellgrünen Schlaufen geschmückt war. Sehr elegant und passend zum Sandstein des der Einfriedung.

Twiggy zuckte mit den Schultern. „Das ist nicht meins. Das ist stattdessen dagelegen."

„Jetzt verstehe ich", grinste Ed.

Ich verstand hingegen gar nichts. Erst als Ed den Rhombus sorgfältig drapierte, platzten die Hinweise wie Samenkapseln in meinem Hirn auf: das neue Gesteck mit den Plastikblumen auf dem Mistwagen, das dort nichts verloren hat, weil es ja aus Gründen der Haltbarkeit auf ein Grab gelegt wird und zudem im Entsorgungsfall zum Sondermüll gehört, Betty als Freundin von Ed, Eleganz statt Kitsch – man konnte also in Abwandlung eines bekannten Spruchs sagen: Der Dieb ist immer der Gärtner. Ich hoffte nur, dass dieser Liebesbeweis Betty von einem Date mit ihm überzeugen würde.

Sabina Naber

Welcome to the Port of Scarborough

Bunt gekleidete Touristen schlendern über den Steg auf das rote Gebäude am Hafen von Scarborough zu. Es ist heiß und schwül. Von der Reling aus beobachtet der Fremdenführer Marc einen eleganten Herrn und seine Begleiterin. Lange kostbare Perlenschnüre schlingen sich um ihren Hals. Ihnen folgt eine Familie, das Kleinkind hängt in einem Gestell am Rücken des Vaters, am Kopf der Mutter sitzt ein gelber Sonnenhut. Alle haben helle, von der Sonne gerötete Haut. Nach einem Tag auf hoher See steht heute der Besuch eines Wasserfalls auf dem Programm.

Mit geschlossenen Augen stellt sich der Fremdenführer Marc das klare, kühle, mit tosender Kraft den Berg abwärts rauschende Wasser vor. Doch dann denkt er an die Kumpel auf dem Schiff, die in engen, stickigen Schlafkabinen ohne Tageslicht inmitten des Getöses der Maschinen Nacht für Nacht neue Kraft für den Dienst an den betuchten Gästen sammeln müssen. Mit verkniffenem Mund kreist sein Blick über die sanften Wellen des Ozeans bis hinüber zu dem Tor am Hafen. Nur die Gefräßigsten, das zügellose Schlemmen am Buffet allem anderen vorziehend, sind heute an Bord des Luxusschiffes geblieben.

Marc ballt die Finger zu Fäusten. Mit mahlenden Kiefern steuert er auf das rote Gebäude mit der Aufschrift Welcome to the Port of Scarborough zu.

„Bei uns auf Tobago beginnt es“, hört er eine weibliche Stimme dicht an seinem Ohr. „Weiter geht es wie im Domino. Schlag auf Schlag. Spielst du mit mir eine Runde heute Abend?“, fragt sie ihn auf kreolisch.

„Heute Abend, Lydia, wenn es vorbei ist“, antwortet er heiser.

„Hast du etwa Angst?“ Ihr Blick durchbohrt ihn. „Zweifelst du?“

„Nein, ich bin mir absolut sicher“, lügt er.

Vor dem Hafengebäude warten die Reisenden auf Marc. In ihren Mienen spiegelt sich ein unverdientes Glück. Zwei dunkelhäutige Inselbewohnerinnen streuen Blumen, ein Mann im ledernen Lendenschurz schlägt auf eine Trommel. Marc nimmt das Mikrofon und setzt es an die Lippen.

„Verehrte Gäste der Royal Caribbean. In dem Raum hinter der weißen Tür“, er deutet mit der Hand in die Richtung, „werden Sie Ihre Nummer für den klimatisierten Bus erhalten, der sie rund um die Insel bis zu dem einzigartigen Wasserfall bringen wird. Ich wünsche Ihnen einen angenehmen Aufenthalt auf Tobago.“ Nach der fließenden Rede in drei Sprachen nimmt er die Position an der Tür ein. So wie der akribisch ausgearbeitete Plan es vorschreibt. Jedes Paar, jede Gruppe begleitet er durch die Pforte, immer ein Lächeln auf den Lippen. Keine Sekunde lang sollen sie an ihrer Sicherheit zweifeln. Das Tor schließt sich, um nach wenigen Augenblicken wieder geöffnet zu werden. Niemand stellt Fragen. Nichts scheint für die Reisenden heute anders abzulaufen als sonst. Die Eltern mit dem kleinen Kind sind an der Reihe.

„Thank you for your service. “ Der Vater drückt dem Fremdenführer einen Euro in die Hand.

Eine halbe Stunde später steht Marc neben Lydia draußen am Steg. Es ertönt ein schrilles Geläut, Dampf zischt auf. Ein grauer, stinkender Rauch kriecht aus dem Schornstein und es regnet Asche über das rote Hafengebäude von Scarborough. Gespenstisch still ist es bis auf den Wind, der durch die Blätter des Regenwaldes rauscht.

Marc atmet tief durch. Es schien zu einfach. „Sind sie wirklich alle tot?“, fragt er zweifelnd.

„Alle sind im Feuer“, bestätigt Lydia mit fester Stimme.

„Hat sich niemand gewehrt?“, wundert er sich.

„Du kennst den Plan. Wir haben den Eingang mit der Aufschrift V.I.P. getarnt. So dachten sie, den Bereich für wichtige Persönlichkeiten zu betreten. Sie freuten sich auf ein Glas Champagner vor der Abreise in den Regenwald. “

Langsam löst sich die Anspannung von Marc. Ein Lächeln gelingt ihm.

Lydia streichelt über seine Schulter. „Denken wir an unsere Brüder und Schwestern. Sie sind noch nicht frei, solange wir nicht Rache geübt haben. Gemeinsam entzünden wir die Feuer der Vergeltung. Überall auf der Welt. Bis wir in der Überzahl sind. Dann erst wird es vorbei sein.“

Ihre Haut ist von einer dunklen, samtenen Tönung. Ihre Gestalt gleicht der einer kraftvollen Löwin. Lydias Bewegungen sind geschmeidig und lautlos. Stolz trägt sie den goldenen Schmuck ihres Stammes am Hals. Die gemeinsamen Ahnen über Jahrhunderte als Sklaven für fremde Herrscher in alle Herren Länder verschleppt. Weniger wert als Vieh. In Massen zu Tode gequält. Trotzdem. Marc hat Tränen in den Augen. Lydia nimmt seine Hand und zieht ihn zurück auf das Schiff. „Es ist nur gerecht, was heute geschieht“, sagt sie. „Lass es uns zu Ende bringen.“

Marc nickt. „Ja. Es ist an der Zeit.“

Christine Neumeyer

Im Rosengarten

Sechs Mal die Woche geschah Punkt acht Uhr das gleiche Ritual. Der Pfarrer schloss zuerst die Kirchentür auf, dann das kleine Türchen zum Friedhof und zuletzt die schwere Tür zum Rosengarten. Dann ging er ein paar Schritte in den Garten, roch an jenen Rosen, die gerade erblüht waren, drehte sich um, ging zurück.

An einem Dienstag, als die Kirchenuhr mit acht Schlägen das tägliche Ritual einläuteten sollte, geschah nichts. Langsam wurde ich unruhig. Vielleicht war er krank? Aber wer las dann die Messe um zehn? Ich lief zum Pfarrhaus und läutete. Eine der Ordensschwestern öffnete. Auf meine Frage, ob ich den Pfarrer sprechen könnte, sagte sie. „Hochwürden ist nicht da. Er war schon weg, als wir kamen. Vielleicht wurde er in der Nacht zu einem Sterbenden gerufen“, und dabei bekreuzigte sie sich. Ehe sie die Tür wieder schließen konnte, sagte ich:

„Irgendwer muss die Türen aufsperren, es ist schon nach neun! Wenn der Pfarrer nicht da ist, mach ich das“.

Ich folgte seinem Ritual. Wie der Pfarrer ging ich ein paar Schritte in den Garten hinein. Plötzlich entdeckte ich etwas zwischen den Strauchrosen. Eine Gestalt im Bademantel mit Hausschuhen an den nackten Füßen lag auf dem Rücken, der Kopf in den Rosen. Als ich die

Rosen vorsichtig mit beiden Händen zur Seite drückte, sah ich ins Gesicht des Pfarrers. Zwischen seinen Zähnen hielt er den Stängel einer Rose.

Ich rannte aus dem Garten, schrie nach der Polizei, obwohl mich niemand hören konnte. Atemlos erreichte ich den Gendarmerieposten und erwischte den korpulenten Dorfpolizisten, als er gerade in eine Leberkässemmel biss. „Schnell, kommen S´ mit. Der Pfarrer, tot im Rosengarten“. Er schaute mich begriffsstutzig an und kaute weiter. Ich erzählte ihm, wie ich den toten Hochwürden gefunden hatte.

Langsam erhob er sich, schnallte seine Pistolentasche um, suchte sein Dienstkapperl und fluchte, als er die Schlüssel zum Revier nicht gleich fand. „Wollen Sie sich nicht ein bissel beeilen?“, sagte ich. Er aber meinte: „Wenn der Pfarrer tot ist, dann kann er uns auch nicht mehr davonlaufen“. Aber genau das schien passiert zu sein, als wir im Rosengarten ankamen. Nichts deutete darauf hin, dass dort jemand zwischen den Strauchrosen gelegen hätte.

Der Dorfgendarm sah mich an und sagte: „Hauchen Sie mich einmal an?“ Dann schüttelte er den Kopf und brummte: „Besoffen sind S nicht, aber haben S´ etwas geraucht?“ Ich schüttelte den Kopf. Beim Pfarrhaus polterten wir an die Tür und brüllten: „Aufmachen, die Polizei“. Die Ordensfrau von vor einer halben Stunde riss die Tür auf und brüllte mich an: „Sind Sie verrückt, so zu schreien“. Dann sah sie den keuchenden Gendarmen hinter mir. „Wo ist der Pfarrer?" wollte jetzt der Gendarm wissen. Die Schwester schluckte ein paar Mal und dann sagte sie: „Er ist zum Herrn heimgegangen". „Wo ist er hin gegangen?" Ich drehte mich um und antwortete: „Sie meint, er ist gestorben".

Sie führte uns in sein Schlafzimmer. Dort lag er in seinem Nachthemd im Bett, die Hände zum Gebet gefaltet und von einem Rosenkranz umschlungen. Auf dem Nachtkasten brannte eine Kerze neben einem Kruzifix. „Wir haben ihn so gefunden. Der Arzt muss gleich da sein".

Dieser untersuchte den Toten flüchtig, übersah das Hämatom an seinem Hinterkopf und sagte: „Herzversagen. Ich hab das erwartet. Ich schreib gleich den Totenschein." Ich protestierte. „Woher wollen Sie das wissen, Herr Doktor, Sie haben ihn ja gar nicht untersucht!" Er sah mich an und meinte: „Das geht Sie zwar gar nichts an. Aber damit keine Zweifel aufkommen. Er ist wegen seines Herzens seit Jahren in meiner Behandlung". „Na dann", sagte der Gendarm, „war deine Behandlung dieses Mal nicht erfolgreich, Doktor".

Eine Woche später haben sie Hochwürden unter Beteiligung des ganzen Dorfes, aber ohne mich, beigesetzt. Mich nannten sie seither einen spinnerten Deppen. Aber ich werde den Fall aufklären, selbst wenn es Jahre dauert.

Gerhard Appelshäuser

Locked in

Shirley hat sich verspätet. Es ist schon sechs Uhr dreißig. Normalerweise erscheint sie so um sechs, kurz bevor die Sonne aufgeht. Wir sind beide Frühaufsteher.

Was ist los? Ich mache mir Sorgen. Es wird ihr doch nichts zugestoßen sein? Bei ihrem fragilen Körper kann sie sich schnell einmal ein Beinchen brechen oder sie ein Windstoß aus der Bahn werfen.

Heute muss ich mich wohl damit abfinden, dass mein Tag mit Herbert und seinen Riesenpranken beginnt. Nicht, dass ich etwas gegen Herbert habe. Er macht seinen Job zufriedenstellend, ist zuverlässig, nicht allzu grob, und stemmt mein Gewicht mit Leichtigkeit. Er riecht auch nicht wie Johann nach Zwiebel und Schweiß, sondern nur ein wenig nach Alkohol, und das auch nur, wenn er mich anhaucht. Aber er kann Shirley nicht ersetzen.

Shirley macht, dass ich bin. Durch ihre zarten Berührungen, die so exakt gesetzt sind und höchste Konzentration meinerseits erfordern, um mit geschlossenen Augen überhaupt zu erfühlen, an welcher Stelle meines Körpers sie bei mir ankommt, erlebe ich mich als lebendig. In meinem Zustand ist das nicht selbstverständlich. Immerhin habe ich nicht viel mehr Bewegungsspielraum als eine Leiche. Ja, manchmal zweifle ich tatsächlich an meiner Lebendigkeit. Da bin ich dann sogar richtig froh, wenn mich so ein grober Pfleger in die Flanken kneift, weil er mich beim Umdrehen unabsichtlich falsch anfasst.

Durch den Personalmangel müssen immer öfter schlecht Geschulte, meist Langzeitarbeitslose, als Betreuer eingesetzt werden. Und so ein Bauarbeiter hebt eben eine lebendige Leiche wie mich auch so wie einen Pflasterstein. Allerdings muss ich mich glücklich schätzen, dass man mich überhaupt umdreht. Wenn nicht, würde ich sofort eine Lungenentzündung bekommen und endlich wirklich zur Toten werden.

Das verhindern sie in erster Linie durch künstliche Beatmung. Nur um es sich vorzustellen: mein Atem ist rein mechanisch. Die Maschine bläst mich auf und saugt mich ab. Ich tue nichts mehr zu meinem Leben, außer verdauen. Das kann ich noch, und denken! Und fühlen! Ich sehe, höre und spüre alles genau wie früher. Doch wozu?

Empfinden wir nicht deshalb, um eine Reaktion auszulösen? Das Sehen, um zu greifen, das Hören, um zu sprechen und das Fühlen, um zu lieben?

Ich bin wie ein Fotoapparat, der kein Bild ausspuckt, ein Mikrophon, das die Töne schluckt, und ein Fieberthermometer, das die Wärme spürt, aber keine ausstrahlt.

Was ist los mit Shirley? Ich vermisse sie. Shirley ist so sensibel, dass sie meine - für einen anderen Menschen nicht mehr merklichen - Reaktionen empfindet. Shirley liebt mich und meinen Körper. Sie fühlt die Hitze meiner Haut und leckt meinen salzigen Schweiß, wenn ich, durch die stehende Luft überwärmt, dann schwitze. Sie mag es, wenn sich meine Haare durch das leichte Kitzeln ihrer Berührung aufstellen. Ich nehme jedenfalls an, dass sie das mag. Ich stelle mir vor, wie sie sich durch meinen Urwald voller Haare schlägt. Wie sie durch die stärker aufgeforsteten Achseln verschreckt wird und davor auf mein Dekolleté flüchtet. Immer, wenn sie an einen meiner Haarbäume ankommt, streckt er sich und macht sich für sie groß. Das ist mein Fitnesstraining. Ich serviere Shirley zur Jause einen salzigen Trunk und dazu die Reste meiner abgestoßenen Hautfetzen, die der gründlichen Reinigung entgangen sind. Zu gerne würde ich ihr meinen Nabel als Schlafstätte anbieten, aber das verhindern meine Betreuer, die mich in Windeln einwickeln.

Irgendwie ist meine Beziehung zu Shirley erotisch gefärbt. Wenn sie, vor allem im Sommer, wo man meinem Leichnam gelegentlich gestattet, größtenteils unbedeckt aufgebahrt zu liegen, überraschend auf mir landet, überkommt mich das erinnerte ekstatische Begehren einer Frau, die früher einmal geliebt hat. Nie zuvor wurde ich so zärtlich umgarnt!

Shirley fragt nicht, ob ich gestreichelt werden möchte. Sie handelt. Sie lässt mir keine Wahl. Sie zwingt mich zur Erregung. Da ist jede Scham vergebens.

Ich gerate in Panik. Was ist, wenn sie nicht mehr kommt? Wenn man ihr etwa antut?

Man ist hier sehr genau, was die Hygiene betrifft. Eigentlich ist die Hygiene hier am wichtigsten. Nur ja keine Bakterien und damit auch keine Bakterienüberträger. Ich fürchte diese hygienische Paranoia als dauernde Bedrohung von Shirleys Leben.

Ich weiß es, Shirley wird irgendwann ermordet werden.

Gerade als ich diesen Gedanken kaum zu Ende gedacht habe, höre ich ein Klatschen rechts von meinem Ohr. Da ich meinen Kopf nicht in die Richtung wenden kann, um zu überprüfen, ob mein Entsetzen auch berechtigt ist, bleibt mir die Hoffnung, dass der Schlag ins Leere traf. Aber schon hält mir Schlachter Herbert die Leiche Shirleys triumphierend, angeklebt an einen Fliegenpracker, vor die Augen.

Ich spüre, wie ich weine. Wenigstens das kann ich noch.

Constanze Dennig

Die zweitbeste Lösung

„Frau Supper, ich bin Revierinspektorin Julia Klein und das ist mein Kollege Ian Wehrhard. Dürfen wir hereinkommen? Wir hätten ein paar Fragen, was den Tod Ihres Gatten betrifft."

Für einen Augenblick konnte Frau Supper die Überraschung nicht verbergen, doch sie hatte sich schnell wieder im Griff. „Natürlich." Sie trat beiseite und führte die beiden Polizisten in die Küche. „Kann ich Ihnen etwas anbieten? Kaffee, Tee? Oder Wasser?"

„Ein Glas Was… ", fing Ian Wehrhard an, wurde aber von dem resoluten „Nein, danke, wir brauchen nichts" seiner Kollegin unterbrochen.

„Erzählen Sie von dem Tag, als Ihr Mann ins Krankenhaus gebracht werden musste", bat Julia und klappte ihr Notizbuch auf, um die Aussage mitzuschreiben.

Nach rund 90 Minuten standen die beiden Beamten wieder vor ihrem Fahrzeug. „Nichts während deiner Ausbildung gelernt?"

„Warum?" Ian sah Julia ratlos an.

„Du nimmst nie, niemals etwas an, was dir angeboten wird, schon gar nicht von einer, die vermutlich ihren Mann vergiftet hat."

Ian schluckte. „Aber die Obduktion hat doch Herzversagen ergeben."

„Ja. Und einen erhöhten Coprin Wert."

Ian tippte auf seinem Handy herum, dann hellte sich sein Gesicht auf. „Aha! Coprin ist ein Pilzgift, speziell enthalten im Falten-Tintling.“ Er stockte. „Außerdem ist der Pilz nur in Verbindung mit Alkohol giftig … aber sie hat seine Sauferei gehasst. Also hat er selbst Schuld, würde ich sagen.“

Julia schüttelte den Kopf: „Nur, wenn er von den Pilzen gewusst hat, was ich nicht glaube.“

„Warum haben wir sie dann nicht gleich festgenommen?“, wollte Ian wissen.

„Weil wir erst Beweise für ihren Vorsatz finden müssen. Ist dir das Buch Pilze richtig bestimmen auf dem Couchtisch aufgefallen? Es hatte einen Aufkleber von der Buchhandlung Riedler.“

Es dauerte keine 5 Minuten, bis sie in der Buchhandlung das Kaufdatum erfuhren. Es lag nur drei Wochen vor der Tat.

Frau Supper hatte außerdem erzählt, am Todestag ihres Mannes seien sie auf einer Party gewesen. Erst wollte sie gar nicht hingehen, aber ihre Freunde hätten sie bekniet, doch zu kommen. Da hatte sie nachgegeben.

Die Wallners, Claudia Suppers Freunde, schilderten die Situation ein wenig anders. Sie hätten seit zwei Jahren keinen Kontakt mehr zu den Suppers gehabt. Claudia hatte nur einen Tag nachdem sie das Pilzbuch gekauft hatte, bei ihnen angerufen. „Wie lange ist es her, dass ihr eine eurer legendären Partys gegeben habt?", wollte sie beim Abschied von Ilse Wallner wissen.

Das lag in der Tat schon eine Weile her, in Zeiten von Corona hatten die Wallners lieber darauf verzichtet.

„Hey, aber dann wird es höchste Zeit! Die meisten sind eh schon geimpft oder genesen."

Und weil die Wallners generell lebenslustig waren und sich dachten, warum denn nicht?, hatte Ilse Wallner ein paar Freunde angeschrieben. Heinrich Suppers Todestag war somit von einer Doodle Umfrage bestimmt worden.

„Und wenn sie keine dieser Falten-Tintlinge gefunden hätte?", warf Ian ein.

„Die kommen sehr häufig vor, sogar in Parks oder an Wegrändern. Wenn man erst weiß, wie sie aussehen, stolpert man regelrecht an jeder Ecke über sie."

„Aber vielleicht wollte sie ihrem Mann bloß eine Lektion erteilen."

„Auch das wäre eine Straftat – von fahrlässiger Körperverletzung bis zu Totschlag. Außerdem hat die Ärztin vom Spital gemeint, dass die Ankündigung der Obduktion sie in Panik versetzt hat. Die Tintlinge hat sie auch nicht erwähnt, als sie nach der letzten Mahlzeit gefragt wurde, obwohl sie aus dem Buch um die Gefahren wusste."

Ian nickte. „Okay, und was machen wir jetzt?"

„Wir holen uns einen Haftbefehl."

Nach nur 2 Stunden Verhör gestand Claudia Supper. Sie hatte seine ständige Nörglerei nicht mehr ausgehalten. An allem wusste er etwas auszusetzen, überall musste er sich einmischen. Das Homeoffice machte alles noch schlimmer.

„Schon im Morgenkaffee war Rum. Was hätte ich denn sonst tun sollen?“, fragte Claudia Supper Julia.

Julia zuckte die Achseln. „Eine simple Scheidung wäre hier wohl die bessere Lösung gewesen.“

Rhena Weiss

Nomen est Omen

Hallo, i bin da Kevin.
Johnny.
Warum bist' n du do?
Moad.
Scheiße. Wia long?
Le-bens-läng-lich.
Geh leck! Oba ka Kind oder so, Oida?
Spinnst! Wegn da Vuastrof is. I man, die Läng.
Aso! Vuastrof fia wos?
Eigantlich is wengan Naumen. Johnny.
Vasteh i ned.
Des Y.
Ha?
Huach zua: A schwedischa Obagscheita hot bewiesn, dass ana, der wos mit y aufheat, a Knastbruada wiad. Jonny, Ronny, Conny. A Syndrom is des, schreibt a. Des fongt im Kindergoatn on, weu da die Tant nix zuatraut, drum is da fad im Schedl, du bist jo a Kind, oiso wiast lästig. Daunn sogt die Tant, du bist a Problemkind und schreibt des auf an Wisch fia die Voikschuilehrarin. De setzt die in die letzte Rei und losst di auglant, weu de Kinda von de Ondan - de haßn hoit Lukas und Anna Sophie - de san wichtiga. Nem dia sitzt a Tschusch, der ned deitsch ko, oba zum Bledln reicht a da. Oda zum Streidn. Wiast glaubst.
Heast, bei mia woa des a ned ondast. Und i hear ned mit y auf.

I bin no ned fertig, Kevin. Wonns'd a Glick host, gem's di in de Hauptschui.
I woa in da Sondaschui.
Des überroscht mi jetzt ned.
Wiaso?
Wuascht. Loss da weidea dazön. In da Hauptschui wiast dauernd aungfeut, bis da z'bled wird und du z'ruckschreist. Des geht a poa moi, donn bist schwererziehboa und kummst in a Heim. Duat san lauta soichene wia du.
Olle mit y?
Na, Trottl. Oba mit dasöbn Karriere. Weu, duat gehst zu ana Bande und brichst ei, ...
Ois kloa. Mi homs a dawischt.
Mi ned. Deppat bin i jo ned.
Wüst du damit sogn i bin deppat?
Oida! Wüst de Gschicht jetzt weida hean oda wos?
Scho. Oba schimpfen los i mi ned, host mi?
Kum owa. Am AMS woas. I stö mi wieda amoi au, do hea i's von hintn: «Der Langer Jonny! Kein Wunder, dass du arbeitslos bist.» - Woa des ana von de g'schissenen Hauptschuilehra, de wos mi owei so obitrogn hom. Sog i: «Oba Se onscheinend a, Hea Fochlehra». «Wegen so Kerlen wie dir!», schreit a mi au. «Ihr habt's mich ins Burnout getrieben.» Donn sogt a, dass i a Y-Syndrom hob. I hob glaubt, er mahnt i bin a Homo oda sowos und hob eam droschn.
Bis a tot woa?

Na. Des woa di Vuastrof.
Aso! Und da Moad? Wegen dems'd jetzt do bist?
Najo. Des mit dem Syndrom hob i donn guglt. Ois hob i ned vastondn, oba, dass des ka Kronkheit is und so, des scho. Und dass i vielleicht jetzt a Filialleita bei da Billa warad, wonn i Thomas oda Stefan hassn dat. Und do hob i so a Wut kriagt, dass i ma g'schwoan hob, i bring den um, der wos ma des autaun hot.
Wos. Dei Mutter?
Na, den depaten Schweden, der wos des Syndrom erfundn hot. Weu, woher hättn die Lehra und de ondan G'frieser des sunst wissen soin?
Oida! Bist echt noch Schweden g'foan?
Jo, mit an Fernlastler mit. Auf dera Uni hob in g'funden. Botzn Büro, konnst da fuastön. Do is ma die Idee kumma, i bring eam goa ned um, sondan er soi fia mein Schodn zoin. Homma olle wos davo. Oba, waßt wos der drauf g'sogt hot?
Konnst du schwedisch?
Na. Oba der Typ deitsch. Gred hot a wia der in dera IKEA Werbung. Waßt eh. Er hot de Studie nur desweg'n g'schriem, sogt a, damit de Lehra a bisserl nochdenken, bevor's wen fia deppat hoitn. Und außerdem güt des nur in Schweden, des mim y. Bei uns gibt's zwoa dessöbe Syndrom, oba mit ondare Naumen. - Drauf hob i eam beidelt und gschrian, warum des bei mir in Österreich trotzdem a so woa. Mei Lehra hot scheints sei Oasch Studie g'lesn und mi deswegen wia an Hund be-

hondelt. Drauf sogt a, i soi geh, er ruaft de Security. Oba des woit i wieda ned. Lange Rede kurzer Sinn: Mia hom graft, dabei hot er sein Vuahong obagrissen und i hob eam damit ogragelt. Mit schwedischen Gardinen hinter schwedische Gardinen hot die Krone gmöd.

Wauhnsinn! Und wonnst zum Beispü Koal hassast, wa des ois ned passiert?

So is es!

Und dea oide Schwede. Hot der des auslossn, wöchane Naumen bei uns a Syndrom san?

Heast, Kevin. Des wüst goa ned wiss‘n, glaub ma des!

Beate Ferchländer

Kein gutes Händchen

Von der Kathi hätte ich mir mehr erwartet. Sogar die Matura hat sie gemacht, und die schafft nicht jeder. Aber Hausverstand, der ist der Kathi abgegangen. Immer hat sie sich in die ärgsten Versager verliebt.

Der Huber Michl, zum Beispiel, der war zum Schuhzubinden zu blöd. Weil, wie dumm musst du sein, um dem Bürgermeister sein Moped zu fladern, Aufkleber draufzupicken, und dann zu versuchen, es ihm zurückzuverkaufen? Den Huber Michl haben's nicht einmal eingesperrt, nur ausgelacht. Ein paar Wochen lang hat er die Ausnüchterungszelle putzen müssen. Gegraust hat ihm, aber gescheiter hat ihn das Zellenputzen nicht gemacht. Sonst tät er nicht seit fünf Jahren einsitzen, weil er dem Kogler Harald seine Trafik ausrauben wollte. Der hat ihn aber erkannt, der Michl hat ja schon seine Mickey-Mäuse bei ihm gekauft und später dann Zigaretten und Schmuddelheftln, aber eh nur wegen den Artikeln. Der Kogler Harald hat den Michl mitsamt seinem Spielzeugrevolver zum Teufel gejagt. Angezeigt hat er ihn, weil er sich so darüber geärgert hat, dass der Michl ihn für blöd verkaufen hat wollen.

Nachdem der Michl weggesperrt worden ist, hat die Kathi sich in den Losdörfler Johannes verschaut. Der hat auch nicht viel auf dem Kasten gehabt, dafür aber jede Menge Muskeln. Dass die Liebe nicht auf Gegenseitigkeit beruht hat, hat jeder gewusst, nur die Kathi nicht. Sie ist nämlich nicht nur blond, sondern auch blauäugig, also in jeder Hinsicht. Der Johannes hat die Kathi bei sich einziehen lassen, ist ja praktisch, wenn dir ein fesches Mädel den Haushalt führt. Was die Kathi nicht gewusst hat, war, dass der Johannes sich durchs ganze Tal gevögelt hat. Wenn die Kathi gesagt hat, was für ein Glück sie mit ihm hat, haben alle blöd gegrinst. Am Anfang hat die Kathi noch geglaubt, dass sie neidig sind, so eine Liebe hat ja nicht jeder. Weil das Gegrinse nicht aufgehört hat, ist die Kathi ganz verunsichert gewesen. Nur am Johannes hat sie nie gezweifelt. Irgendwer hat ihr dann gesteckt, was er so treibt und mit wem und überhaupt. Der Johannes hat dann auch gar nichts abgestritten, sondern sich über ihre Gutgläubigkeit lustig gemacht.

Das war sogar der Kathi zu viel. Sie ist heulend abgezogen, zurück zu den Eltern, die sie wieder aufgenommen haben, aber nicht mit offenen Armen. Die Kathi soll kein Drama machen, haben sie ihr gesagt, sondern sich lieber einen Mann suchen, der sie auch behaltet. Weil jünger wird sie nimmer, und um sich ewig Zeit zu lassen, dafür ist sie nicht hübsch genug.

Der Chef von der Kathi im Tourismusamt hat sich, im Gegensatz zu den Eltern, um sie gekümmert. Mit Ganzkörpereinsatz. Die Frau vom Chef hat recht bald spitzgekriegt, wie besorgt der Chef um die Kathi war. So schnell hast du gar nicht schauen können, war die Kathi den Chef los und ihren Job gleich mit.

Die Chefsache haben sie der Kathi im Ort besonders übelgenommen, weil der Chef ja ein hochanständiger Mann war, der Vorsitzende vom Schützenverein und der Schwager vom Bürgermeister noch dazu. Keiner, der seine Frau betrügt, wenn man ihn nicht quasi dazu zwingt. So wie die traurige Kathi mit dem gut ausgefüllten Arbeitsdirndl. Dem Chef ist da ja gar nichts anderes übriggeblieben, als sie zu trösten.

Die Kathi hat das Gerede nicht gut verkraftet. Ein Nerverl war sie, dauernd am Heulen und Jammern. Dankbar war sie, als ich mich ihrer erbarmt hab. Die 25 Jahre Altersunterschied haben keinen gestört, Hauptsache die Kathi war endlich angebracht. Und die Kathi hat sowieso zu allem Ja und Amen gesagt. Am Anfang jedenfalls. Später ist sie lästig geworden, hat Ansprüche gestellt, noch und nöcher, war ständig am Nörgeln und Stänkern. Zur Weißglut hat mich das Weib getrieben.

Wie gesagt, ich hab mir mehr von der Kathi erwartet. Ich hab ihr zwar gedroht, dass ich sie umbring, wenn's mich weiter nervt, aber ernst gemeint hab ich das nicht. Weil, wer redet keinen Blödsinn, wenn die Wut hochkocht? Und, ganz ehrlich, was kann ich denn dafür, wenn mir die dumme Nuss ins Messer rennt?

Nicole Makarewicz

Moststraße

Rainer lenkt den Wagen, konzentriert schaut er nach vorne, ich sitze auf dem Beifahrersitz, den Geigenkasten zwischen meinen Beinen. Links und rechts säumen Birnbäume die Straße, ihre Früchte sind reif. Schon bald werden sie von der Mostpresse zerquetscht.

Mein Stiefvater ist ein Sadist. Rainer ist durch und durch böse, nur meine Mutter will das nicht wahrhaben. Ich kann Rainer nicht in einer Mostpresse zermalmen, ihn nicht wie die Birnen zerdrücken, aber ich muss mich wehren, noch heute!

Die Landstraße fällt leicht ab, der Himmel hängt grau über uns.

Rainer lenkt seinen Wagen nur mit einer Hand, ich sehe bereits den Fluss und lasse das Seitenfenster herunter. In Gedanken zähle ich: eins, zwei – bei drei greife ich nach dem Lenkrad und drehe es mit aller Kraft in meine Richtung. Der Wagen kracht gegen das Brückengeländer, wird abgebremst, ich werde in den Gurt geschleudert, spüre den Schmerz an meiner Brust. Der Airbag prallt gegen meinen Kopf, gleichzeitig zerbersten die Stahlteile, sie ächzen laut, das Auto durchstößt das Geländer, mir hebt es den Magen aus.

Rainer schreit, die Kühlerhaube senkt sich, mit meinen Füßen fixiere ich die Transportbox meiner Geige am Boden, schiebe mit den Händen den Airbag zur Seite und stütze mich ab. Der Aufschlag auf das Wasser ist hart. Ich werde nochmals in den Gurt gepresst, dann löse ich ihn. Meine Brille liegt irgendwo im Wagen. Durch das Seitenfenster strömt bereits Wasser ins Innere. Ich schaue nach links, auch der Fahrerairbag hat ganze Arbeit geleistet: Mein Albtraum ist am Leben und starrt mich entgeistert an.

Ich zerre die nasse Transportbox unter dem Airbag hervor und hebe sie hoch. Rainers Augen sind geweitet, sein Mund steht offen, er ist geschockt, rührt sich nicht.

»Fahr zur Hölle!« Mit diesen Worten ramme ich Rainer die Box mit aller Wucht gegen den Schädel. Er sackt zusammen, ich lasse die Box fallen, dann klammere ich mich am Rahmen der Beifahrertür fest, stecke Kopf und Oberkörper durch die Fensteröffnung und stoße mich vom Wagen ab. Beinahe lähmt mich die Kälte des Flusses, doch ich zwinge mich, zu schwimmen. Ein Zug nach dem anderen. Immer weiter. Nur nicht aufgeben. Mit letzter Kraft ziehe ich mich am Ufer aus dem Wasser. Vom Auto sehe ich nichts mehr und auch er ist nirgends aufgetaucht. Doch ohne meine Brille bin ich mir nicht sicher, ob ich mein Ziel erreicht habe.

Mir ist so kalt, ich zittere, so kalt, ich schließe die Augen.

»Die Rettung ist unterwegs.«

Endlich eine Frauenstimme, hell und klar. Ich öffne die Augen. Die Frau geht neben mir in die Hocke.

»Wie viele Personen waren im Wagen?«, will sie wissen. Ihre Frage habe ich verstanden, trotzdem starre ich sie nur an.

»Wart ihr zu zweit? Du und ein Mann. Der Fahrer?«

Ich nicke.

»Gott sei Dank!« Die Frau streckt ihre Beine durch. »Fred hat den Fahrer des Wagens an Land gezogen«, sagt sie. »Alle sind gerettet!«

Ich will sie anschreien, sie schütteln, sie treten, ihr sagen, sie sollen ihn wieder in den Fluss werfen.

Alles war umsonst!

Ich schließe die Augen und heule los.

Später im Krankenhaus habe ich mich wieder unter Kontrolle. Dritter Stock, Zimmer 13. Mutter hat mir bereitwillig Auskunft gegeben und mir meine Ersatzbrille mitgenommen. Die Ärzte haben Rainer ruhiggestellt. Sie hat nicht mit ihm reden können, sein Zustand ist jedoch nicht lebensbedrohend.

Um ein Uhr in der Nacht laufe auf den Zehenspitzen zur Nummer 13. Ich trete ein, schließe die Tür hinter mir. Das Bett ist nur zwei bis drei Meter von mir entfernt. Rainer liegt darin, nur seinen Kopf sehe ich, der Körper ist unter der Decke verborgen. Seine Augen sind geschlossen. Ruhig liegt er da. Bald wird er sterben, endgültig zu atmen aufhören.

Ich ziehe seinen Kopfpolster unter seinem Kopf hervor, fest, so als ob ich eine Birne ausquetschen will, drücke ich dann den Polster auf sein Gesicht. Er rührt sich noch immer nicht. In Gedanken zähle ich bis 300. Endlos lange kommt es mir vor. 298, 299.

»Was tun Sie da?«

Ich erstarre, eine Frauenstimme von der Eingangstür. Ich schiebe den Polster zur Seite neben Rainers Kopf, erst dann drehe ich mich um. Ich lächle die Krankenschwester an. »Meinen Vater besuchen, er schläft so friedlich!«, lüge ich und husche an ihr vorbei aus dem Zimmer.

Helmut Scharner

Halt

Diese Finger waren etwas Besonderes. Das wurde Griffner sofort klar, als der Mann seine Hand aus der Tasche zog und sie ihm mit steinerner Miene über den Verkaufstisch entgegenstreckte. Die Härchen darauf glänzten blond und fein. So wie einst jene an der Hand seines Vaters.

Ruhig nahm er den Ring aus dem Samtetui und steckte ihn dem Bräutigam in spe an.

Der Mann lächelte nicht einmal, als er seinen künftigen Ehering betrachtete. Die Frau daneben schien sich dagegen mit ihrem ganzen Körper zu freuen, vor allem ihre Augen lachten mit.

Diese Verbindung würde nicht gut gehen. Dieser Mann war haltlos. Auch die Braut würde ihm keinen Halt geben können. So sympathisch sie auch wirkte, nichts an ihr erinnerte Griffner an die Kraft seiner Kindheit, nichts an den Arm, die Hand und die zwei Finger seines Vaters, die er auf allen Wegen umklammert hatte und die ihn unter einem unverständlichen Himmel, zwischen groben Schulkameraden und vorbei an keifenden Nachbarn geführt hatten.

Aber ihm sollte es egal sein, aus welchen Gründen sich die zwei da vermählten. Viel wichtiger war es, die Adresse des Mannes mit den schlanken Fingern zu bekommen.

„Ich möchte die Ringe gleich mitnehmen“, sagte der Mann.

Griffner sah ihn mit einem Lächeln an. „Das geht nicht. Ich muss Ihren Ring noch eine Spur weiter machen. Die Finger schwellen über den Tag hinweg an. Auch wenn er momentan passt, ist er Ihnen am Abend zu eng. Ich stelle die fertigen Ringe natürlich kostenlos zu.“ Stattdessen fasste Griffner an die Tasche seines Sakkos, unter der er die Drahtschlinge spürte.

Sichtlich widerwillig nannte der Mann seine Adresse.

Als das Paar sein Geschäft verließ, kramte Griffner ein Schild mit der Aufschrift „Wegen Krankheit geschlossen!“ aus einer Lade und versperrte die Lokaltür.

Noch bevor er den Lift zu seiner Wohnung im siebten Stock nahm, ging er in den Keller und holte ein großes Gurkenglas aus einem Kasten in seinem Abteil. Schon gestern hatte er gewusst, dass es heute wieder passieren würde. Er hatte jenseits der Stadtgrenze eine Apotheke aufgesucht und dort wie immer leichte Wehmut verspürt, wenn er Weingeist kaufte und von Magenproblemen sprach. Dass er Kräuterbitter ansetzen wolle, mit Enzian.

Der furnierte Kasten in der Wohnung roch wie vor 30 Jahren, als er sich darin versteckt hatte, um von seinem Vater gefunden zu werden. Und dann war er aus seinem kleinen Versteck gestiegen, hatte Zeige- und Mittelfinger der großen Hand umschlossen und war in das Leben zurück geführt worden. Seit er Spots mit warmweißem Licht installiert hatte, strahlten die großen Gurkengläser darin so milde wie die glücklichen Häuser in den Werbefilmen am Abend. Wenn es einen Ort gab, an dem alles ruhte, dann war das dieser Kasten. Mittlerweile barg er mehr als ein Dutzend der Behältnisse, in denen in Weingeist jeweils zwei Stück Leben trieben.

Aus jedem Glas sahen ihm zwei Finger entgegen.

Es waren unzertrennliche Paare. Zeigefinger und Mittelfinger. Wenn er unabsichtlich gegen den Kasten stieß, stellten sie sich aufrecht und schwankten wie Seegras in leichter Strömung. Im Gegenlicht schimmerten an manchen Fingern feine Haare.

Wie einfach hätte alles sein können. Er wollte nur die Finger. Lange hatte er über das richtige Werkzeug nachgedacht. Der Draht richtete am wenigsten Schaden an. Aber die Männer mussten ruhig halten, sonst konnte er nicht mit aller Kraft zuziehen. Warum wehrten sie sich so? Ohne Zeige- und Mittelfinger war man noch immer ein kompletter Mensch. Aber nicht mit durchstochenem Herzen oder zerschnittener Kehle. Oder wenn ein Vater seine Familie verließ und nie mehr auftauchte.

Nur die Nägel würde er an den Fingern des Mannes noch schneiden müssen. Sie waren zu lang und ihre Ränder zu unruhig gewesen.

Vorsichtig nahm Griffner ein kleines mit Leder ummanteltes Thermogefäß aus dem Schrank mit den Gläsern. Wieder rührten sich die Finger, als würden sie ihn zu sich winken, langsam und etwas melancholisch.

Bedächtig füllte er den Isolierbehälter zu zwei Dritteln mit Eiswürfeln. Das ließ noch genug Platz.

Platz für zwei Finger.

Franz Zeller

Wer, zum Teufel, ist die Ferstl?

»Jonis Simitis, Sie werden für schuldig befunden und zu 7 Jahren unbedingter Haftstrafe verurteilt. Strafmildernde Umstände konnten Ihnen nicht zugutegehalten werden, straferschwerend waren die einschlägigen Vorstrafen.«

Ein Raunen ging durch die spärlich besetzten Zuschauerreihen.

»Jetzt«, murmelte Jonis unhörbar und hielt den Atem an. Bereits mit dem nächsten Lidschlag brach Chaos aus. Ein Jüngling stürmte aus dem Zuschauerbereich, warf Jonis dabei ein Päckchen zu und sprang über den Richtertisch. Sofort verließen die beiden Justizwachebeamten ihren Platz, hielten aber in der Bewegung inne, als der Bursche die Richterin mit einer einzigen fließenden Bewegung in seine Gewalt brachte und ihr eine Keramikklinge an die Kehle drückte.

»Halt!«, schrie er ihnen entgegen. »Und keiner verlässt den Saal.«

Jonis hingegen war längst beim Ausgang und hatte das Messer in der Tasche verstaut. Solange noch die gesamte Aufmerksamkeit im Saal auf dem Schauspiel am Richtertisch weilte, schob er sich hinaus auf den Gang und drückte die Tür hinter sich zu. Betont gelassen strich er sein Jackett glatt und wollte zu den Stiegen, als eben dort zwei Männer auftauchten. Etwas in ihrem Gehabe und der Art, die Umgebung zu scannen,

gefiel ihm nicht. Kriminalbeamte? Sofort änderte er die Richtung und hielt auf die Lifte zu. Schweiß prickelte seine Wirbelsäule hinunter. Im Nacken fühlte er die Blicke der beiden Männer.

<Ping.>

Ein Lift kündigte seine Ankunft an. Die Türen glitten unmittelbar vor Jonis auseinander. Hinter ihm ertönte ein Ruf, die Worte konnte er nicht verstehen. Noch mehr Adrenalin überschwemmte sein Gehirn. Die Außenwelt wurde zu einem Tunnel. Er machte einen Schritt in die Liftkabine und prallte gegen eine Frau. Wieder rief jemand hinter ihm, lauter als zuvor.

Hart stieß er die Frau zurück und drückte fast gleichzeitig auf Türschließer und Erdgeschoßtaste.

»Was fällt Ihnen ein? Ich muss hier raus, meine Verhandlung beginnt in 5 Minuten-« Die Frau schlug auf den Notstoppschalter und der Lift bremste abrupt ab.

Jonis taxierte die Frau. Sie war irgendwo zwischen 50 und 60, trug Perlenohrstecker und, zu einem teuren Hosenanzug, Gesundheitsschuhe. Er atmete aus. Sorgen bereiteten ihm bloß die Zurufe von vorhin - hatten die beiden Typen Alarm geschlagen? Eines war klar, jetzt brauchte er ein Schutzschild - er brauchte diese Frau.

»Was ist mit Ihnen?«, fauchte sie ihn an, dass ihre silbrigen Locken erbebten.

»Sie werden mir helfen.«

»Werde ich das?« Die Frau kniff die Augen zusammen. Blitzartig packte Jonis sie am Hals, zog sie vor sich und hielt ihr die Keramikklinge an den Hals.

»Ich denke schon«, keuchte er ihr ins Ohr.

»Damit kommen Sie nicht weit.« Ihre Stimme klang heiser.

Unwillkürlich lockerte er seinen Griff. »Ist mein Problem.«

»Sie sind mit Sicherheit verurteilt worden«, traf sie direkt ins Schwarze. »Hören Sie, diese Flucht reitet Sie nur noch tiefer in die Scheiße.« Als ob er das nicht wüsste.

»Ich muss heim.«

»Wer wartet auf Sie?«

»Meine Tochter hat Leukämie«, brach es aus ihm heraus. Er spürte ihre Schluckbewegung an seinem Unterarm.

»Hören Sie mir gut zu«, begann sie erneut, »mein Name ist Franziska Ferstl. Ich bin die beste Strafverteidigerin in der Stadt. Sie lassen mich jetzt sofort los und ich werde Ihren Fall übernehmen. Wenn Sie aber so weitermachen, enden Sie mit einer Kugel im Kopf.«

»Pah! Ich muss bloß aus dem Gebäude raus und zu meinem Wagen.« Er klappte den Notstoppschalter herunter und der Lift setzte sich erneut in Bewegung. »Aber falls was schief geht, Anwältin, sind Sie engagiert.«

<Ping.>

Die Lifttüren glitten auseinander. Drei Dienstwaffen waren auf die Kabine gerichtet. Doch dort stand bloß eine ältere Dame, die Arme hoch erhoben, den Blick auf die Sicherheitswachebeamten gerichtet.

»Waffen weg, meine Herren! Mein Mandant bereut seine Flucht und wird keinen Widerstand leisten.«

Am Boden der Kabine lag eine zusammengekrümmte Gestalt.

»Die Doktor Ferstl!«, rief einer der Wachebeamten amüsiert, »Hat Sie wieder mal ein Mann unterschätzt?«

Franziska stieg über den Körper ihres neuen Mandanten hinaus in die Halle.

»Blödsinn. Mein Mandant ist beim Einsteigen gestolpert und böse gestürzt, Inspektor. Sie wissen doch, wie sowas passiert-«, sagte sie mit einem Zwinkern.

Ihr Lächeln wirkte nicht weniger böse als der Knick in Jonis' Nase.

Und der Inspektor – grinste.

(Franziska Ferstl ermittelt in »Tannenglühen«, Gmeiner Verlag)

Petra K. Gungl

Die Puppe

Ich schlug die Augen auf und sah in die verzerrte Grimasse einer Puppe. Riesengroße Augen starrten mich an, aus dem geöffneten Mund hing eine fleischige Zunge. Sie baumelte neben meinem Bett.

Hatte sich mein Mitbewohner einen dummen Scherz erlaubt? Es wurde ja immer schlimmer mit meinem Zimmergefährten.

Ich sollte mich beim Hoteldirektor beschweren. Nicht nur, dass man, ohne mich zu fragen, einen zweiten Gast zu mir legte, jedes Mal, wenn ich mich dazu aufraffte, auf die Gasse oder in den Garten zu gehen, klemmte die Türe. Wenn ich rüttelte und klopfte, erschien nach einiger Zeit ein Mann in einem weißen Kittel, mit einem Glas Wasser und einer weißen Pille in der Hand. War das der Hoteldirektor?

Meinen Zimmergenossen mochte ich jedenfalls überhaupt nicht. Meist saß er nur da und grinste eine Zimmerecke an. Dann wieder stellte er sich zitternd vor mich, glotzte und ließ seine Zunge heraushängen.

Jemand wie er gehörte doch nicht in mein Zimmer.

Ich sah zu seinem Bett. Was sollte man sagen, nicht nur er, auch sein Leintuch war verschwunden.

Und nun dieser Scherz!

Ich fragte mich, wo er diese Puppe herhatte? Klemmte die Türe bei ihm nicht? Hatte der Direktor im weißen

Kittel ihm geholfen? War es ein Komplott, damit ich langsam verrückt werden sollte?

Dieser Weißkittel war mir von Anfang an nicht ganz geheuer. Noch dazu hatte ich ihn in Verdacht, dass er mich vergiften wollte.

Jedes Mal, wenn er das Essen brachte – hatte er denn keine Angestellten dafür? – wachte er argwöhnisch darüber, dass ich diese giftigen Tabletten schluckte.

Hin und wieder gelang es mir, ihn zu überlisten und, sobald er gegangen war, dieses Gift in die Kloschüssel zu spucken. Das bescherte mir zwar in der Nacht heftige Alpträume, doch ich fühlte mich besser.

So auch gestern Abend. Ich träumte sehr, sehr schlecht, konnte mich aber an nichts erinnern.

Wo war eigentlich mein Mitbewohner? Saßen er und der Direktor irgendwo zusammen und lachten über diesen dummen Spaß? Wenn sie zurückkamen, würde ich ihnen aber nicht den Gefallen tun und mitlachen. So schön war diese Puppe auch nicht. Obwohl – je länger ich sie betrachtete, desto bekannter kam sie mir vor, erinnerte mich an irgendwen.

Jemand machte sich an der Türe zu schaffen. Aha, die zwei kamen zurück. Lachen würde ich nicht, das stand für mich fest.

Ich würde so tun, als ob es keine Puppe gäbe.

Der Hoteldirektor trat ein, in der Hand das Tablett mit dem Frühstück. Abrupt blieb er stehen, Teller und Tassen klirrten, als er die Puppe sah. So bleich hatte ich sein Gesicht noch nie gesehen und er stotterte: „Was wird hier gespielt?“

Spielen? Ich? In meinem ganzen Leben hatte ich nie Puppen in der Hand. Möglich, dass mein verrückter Zimmergenosse sich mit solchen Dingen beschäftigte. Wo befand sich der eigentlich?

Eric Manz

Erika

Hans und Georg saßen wie jeden Freitag in ihrem Stammbeisel. »Darf's noch ein Bier sein«, forderte Gisela ihre Gäste zum Trinken auf. »Ja, gerne«, antwortete Georg. Die zwei Polizisten unterhielten sich über die Geschehnisse der letzten Tage. Im Fernsehen lief soeben das Match Rapid gegen Austria. Gespannt verfolgten die beiden das Treiben auf dem Bildschirm, als die Wirtshaustür aufging und eine Frau die Gaststube betrat. Sie nahm gleich neben dem Eingang Platz und bestellte ein Menü und ein Soda. Hans und Georg musterten die Unbekannte. Beide folgten dem Spiel am Bildschirm und achteten nicht weiter auf die Frau. Im Anschluss verabredeten sich Hans und Georg für Sonntag zum Grätzelfest in Hernals.

Hans und seine Frau Paula machten sich schon früh auf den Weg zum Fest. Bei der Bierschänke trafen sie Georg. Gemeinsam schlenderten sie durch die Attraktionen, als Hans die Frau aus dem Lokal sah. »Ist das nicht die ...« Georg schnitt ihm das Wort ab, denn er ahnte, was Hans vorhatte. Die junge Frau schien allein zu sein und Hans ging auf sie zu. »Entschuldigen Sie, wenn ich sie so anspreche, aber möchten sie nicht meinem Freund ein wenig Gesellschaft leisten?« Verdutzt starrte die Frau in Hans' Gesicht, der ein charmantes Lächeln aufsetzte und mit offener Hand in Georgs Richtung zeigte. Ohne auf eine Antwort zu warten, nahm Hans Georg bei den Schultern und schob ihn vor die noch immer verstört blickende Frau. Georg streckte der Unbekannten seine Hand hin und stellte sich vor. »Erika, Erika Rauch«, antwortete die Fremde. Es war sichtlich peinlich, was Hans da inszeniert hatte, aber alle nahmen es mit Humor. Hans sprach fast ohne Pause. Paula lächelte verschmitzt. »Bist du neu hier in der Gegend«, fragte Georg. »Ja, erst vor wenigen Tagen zugezogen, ich komme aus Salzburg.« Die vier unterhielten sich zusehends gut, bis zu dem Zeitpunkt als herauskam, dass die zwei Freunde Kriminalbeamte waren. Erika wich instinktiv einen Schritt zurück. Georg legte seine Hand um ihre Schultern und meinte: »Nicht erschrecken, wir werden dir keinen Strafzettel verpassen.« Schnell hatte Erika sich wieder im Griff und musste sogar lächeln.

Am Abend ließ es sich Georg nicht nehmen seine neue Bekannte nach Hause zu bringen. Er führte sie bis zur Haustür. »Können wir uns wiedersehen, Erika?« Mit einem fragenden Blick schaute er ihr in die Augen. »Morgen nach Dienstschluss vielleicht?« Erika nickte kurz, bevor sie hinter der Eingangstür verschwand.

Georg war bei der Arbeit ein sehr sorgfältiger Typ, wenn nicht sogar ein Perfektionist. Er wollte doch befördert werden und ließ keine Möglichkeit aus, bei seinem Chef Punkte zu sammeln.

Nach Dienstschluss ging Georg zu dem Haus, wohin er gestern Abend Erika gebracht hatte. Als er nach ihr Ausschau hielt, hörte er sie schon rufen.

Georg nahm Erika bei der Hand und brachte sie in den ersten Bezirk. Sie marschierten durch die innere Stadt und er zeigt ihr hier so manche Sehenswürdigkeit. Die Kärntner Straße mit den vielen Geschäften taten es ihr besonders an. Die Zeit verging wie im Flug. Am späten Abend machten sie sich auf den Nachhauseweg.

Sie trafen sich nun regelmäßig und unternahmen viel miteinander. Die Tage und Wochen verflogen und ihre Liebe zueinander wuchs ständig. Erika fühlte sich mit Georg richtig wohl. Ihre Vergangenheit verblasste immer mehr. Georg gab ihr die Sicherheit, die sie so dringend nötig hatte.

Eines Abends lud sie Georg zu sich ein und bereitete seine Lieblingsessen vor. Zu zweit saßen sie bei Kerzenschein und aßen zu Abend. Ihre Hände fanden zueinander und beide standen auf, um einander zu umarmen. Sie musste es ihm sagen, denn ihr Herz fühlte sich schwer an. Ihr Mund zitterte vor Aufregung: »Ich habe vor einem Jahr meinen Mann umgebracht. Er kam betrunken nach Hause und hatte beim Karten spielen mit Fernfahrern eine beträchtliche Summe Geld verspielt und ließ seine Wut an mir aus. Um mich zur Wehr zu setzen, ergriff ich das Fleischermesser und er rannte auf mich zu … dabei stolperte er ... doch ich täuschte eine Urlaubsreise vor und niemand hat mich verdächtigt.«

Georg hatte Mühe, diese Worte zu verstehen. Seine Gedanken drehten sich um seine Karriere. Er würde einen gelösten Fall präsentieren können. Er betrachtete sie, wie sie hier saß. Ein Bündel Elend. Seine Erika. Er haderte mit ihrem Schicksal, haderte mit dem Schicksal seiner Erika.

Leopold Fröhlich

Nachwort

Nun schon seit Jahren ist die Plattform österreichischer Krimischriftstellerinnen und -schriftsteller mit einem eigenen Stand auf der Buch Wien vertreten und bespielt als Leistungsschau ihrer Mitglieder eine der Messebühnen mit den 5x5-Minuten-Krimis, bei denen jeweils 5 Autorinnen und Autoren 5-minütige abgeschlossene Krimis präsentieren. Immer wieder wurden wir im Anschluss an diese Lesungen gefragt, ob es die Minikrimis auch in Buchform gäbe. Stets mussten wir verneinen.

Doch nun hat sich eines unserer Mitglieder, die Autorin und Verlegerin Karina Pfolz, spontan bereiterklärt, eine Auswahl dieser Krimivignetten herauszubringen. Eine wunderbare Idee, die aber erst relativ knapp vor der Buch Wien aufkam. Es war eine Mordsarbeit. Die weiter zurückliegenden Geschichten mussten erst aus den Tiefen unserer Computer geborgen werden. Nicht selten erreichten mich Hilferufe in etwa der Art: Kannst du mir sagen, was ich gelesen habe? Und wann war das? Ich konnte. Dann gingen die Kurzkrimis an den Lektor, während Karina ihre Phantasie spielen ließ, um unsere Geschichten liebevoll zu illustrieren. Und endlich war es dann so weit: Das Buch ging rechtzeitig in Druck!

Alle im Buch vertretenen Autorinnen und Autoren haben ihre Geschichten gratis zur Verfügung gestellt. Der Erlös geht an die Kinderkrebshilfe Wien, Niederösterreich und Burgenland. Wir wünschen ihr und uns viele verkaufte Bücher, mit denen die Leserinnen und Leser etwas Gutes tun und gleichzeitig eine MordsZeit verbringen können.

Eva Holzmair
Sprecherin der Plattform österreichischer Krimischriftstellerinnen und -schriftsteller

Autorinnen und Autoren

in chonologischer Reihenfolge

Albich, Mina

»Niedere Mathematik«, Seite 23

Mina Albich ist Wienerin mit Leib und Seele. Sie hat Soziale Verhaltenswissenschaften, klassischen Gesang und literarisches Schreiben studiert. Menschen, Sprache und Musik sind ihre Hauptinteressen, die sie leidenschaftlich gern in ihren Kriminalromanen verarbeitet.

Appelshäuser, Gerhard

»Rosengarten«, Seite 56

Der Autor lebt in Wien und hat in der Pension mit dem Schreiben begonnen. Zuerst verfasste er Kurzgeschichten und dann wagte er sich an Romane, genauer gesagt an Kriminalromane. Davon sind in den Jahren sieben erschienen. Als Motiv gibt er an, die grauen Zellen im Alter nicht einrosten lassen zu wollen. Darüber hinaus interessiert ihn das Hintergründige, das Skurrile und das zutiefst menschliche Böse.

Dennig, Constanze

»Locked in«, Seite 60

Nervenarzt, zwei Kinder
Mitgründerin des „Theater am Lend“, Graz
Autorin vieler Theaterstücke, Aufführungen in Ukraine, Russland, Slowakei, Deutschland, Österreich.
Romane: „Die rote Engelin, Eros, Omam und ich“, „Klonküsse“, „Homo touristicus“, „Abgetaucht“, „Eingespritzt“, „Böse Samariter“, „Verkauft“,
Sachbuch: „Angst kann alles“. Drehbücher, Kurzgeschichten.

Ferchländer, Beate

»Nomen est omen«, Seite 69

Beate Ferchländer wurde 1961 in Scheibbs, Niederösterreich, geboren. Beruflich verschlug es sie als Lehrerin ins Weinviertel, wo sie auch heute noch mit ihrem Mann lebt.

Geschrieben hat sie, seit sie einen Stift halten konnte, mal mehr, mal weniger. Jetzt, wo ihre Kinder außer Haus sind, ist das Schreiben wieder an vorderste Front gerückt.

Ihr großes Vorbild ist Ingrid Noll, auch sie hat erst jenseits der 50 erstmals veröffentlicht. Humor und Spannung sind der Autorin wichtig, das Leben ist ernst genug.

Fröhlich, Leopold

»Erika«, Seite 96

Leopold Fröhlich wurde 1963 in Österreich, nähe Wien geboren. Er arbeitet bei einer renommierten Maschinenbaufirma. Seit 2012 schreibt er als Leopold F Kurzgeschichten und Gedichte, die er auf der Autorenplattform „Mystorys.de“ veröffentlicht. Weiters ist er in zahlreichen Anthologien, des Karina Verlages vertreten. Seine Arbeiten präsentiert er auch bei Lesungen in Wien.

Grager, Veronika A.

»Weihnachtsfriede«, Seite 31

Geboren im Nachkriegs-Wien. Aufgewachsen auf einem Bauernhof in Wien. Matura.

Erste kriminelle Neigungen traten früh zutage. Sie vergrub ihre Puppen im Garten, denn sie wollte einen Teddy. Heute lebt sie mit Mann und zwei Hunden in Niederösterreich.

Anfangs arbeitete sie in einem chem. Labor, später in einer Hifi-Erzeugerfirma. Zuletzt war sie im Aufsichtsrat der Österr. Tochter eines amerikanischen Konzerns tätig. Erst im Unruhestand konnte sie ihrem Hobby nachgehen und versuchte sich an einem Roman. Eine Liebesgeschichte und einen Krimi veröffentlichte sie als SP. Damit begann eine Karriere als Nachwuchsautorin im Rentenalter. Es folgten bisher 9 Kriminalromane erst bei Kleinverlagen, später bei Emons und Medimont, sowie ein Kurzgeschichtenband bei Kral und Storys in Anthologien bei Gmeiner.

Mehr finden Sie unter www.grager.at

Gungl, Petra K.

»Wer, zum Teufel, ist die Ferstl?«, Seite 87

Die Wienerin Petra K. Gungl alias Petra Liebkind lebt fürs geschriebene Wort – zu Beginn noch als Juristin, mittlerweile hauptberuflich als Autorin. Dazu gehört auch die Herausgabe von Anthologien, Drehbücher, sowie ihre Tätigkeit als professionelle Sprecherin. Für die kampfsporterprobte Autorin ist ihre Familie, inklusive Kätzchen, die wichtigste Kraftquelle.

Dabei engagiert sich Gungl auch für andere AutorInnen, zum Beispiel bei den Österreichischen KrimiautorInnen und international bei den Mörderischen Schwestern e.V..

Spannung garantiert ihr neuester Kriminalroman DIABOLISCHER ENGEL, Leinpfad Verlag, genauso wie ihre romantische Komödie KUNG FU MAMA, Petra Liebkind, Piper Verlag. Gemeinsam mit Fenna Williams brachte Petra K. Gungl die Anthologie IN 18 MORDEN UM DIE WELT, Leinpfad Verlag, heraus, welche aktuell im Finale zum Skoutz-Award steht.

Mehr unter: www.petrakgungl.com

Holzmair, Eva

»Verwandte Seelen«, Seite 19; Seite 100

Eva Holzmair wurde in Korneuburg geboren und ist in Wien aufgewachsen, wo sie nach Abschluss eines Dolmetschstudiums lebt und als Übersetzerin und Konferenzdolmetscherin arbeitet. Seit mehreren Jahren ist sie auch literarisch tätig mit Veröffentlichungen von Romanen, Erzählbänden, Krimis und Theaterstücken. www.evaholzmair.at

Kautz, Alexander

»Große Firmen«, Seite 41

In Wien geboren und aufgewachsen, genießt als Grafiker seit über 30 Jahren die Lebensqualität und den Ausblick ins Grüne in Niederösterreich. Die enge Beziehung zu seiner Lieblingsstadt Wien und ihren Eigenheiten und Einwohnern bringt ihn trotzdem immer wieder dorthin zurück, vor allem auch in seinen Büchern.
So stolpert der Hauptakteur seiner Kriminalfälle, der Grafiker Jonathan Graberth, in seinen Urwiener Stammbeisln und Lieblingscafés nicht nur auf skurrile Persönlichkeiten, sondern hin und wieder auch auf Leichen und mysteriöse Mordfälle.
Bereits erschienene Kriminalromane: Sugar Dead und Wiener Gier.

Loibelsberger, Gerhard

»Eiskalt«, Seite 28

2009 startete Gerhard Loibelsberger mit den »Naschmarkt-Morden« eine Serie historischer Kriminalromane rund um Joseph Maria Nechyba. 2016 goldener HOMER Literaturpreis für den »Der Henker von Wien«. 2011 und 2017 erschienen die Italien-Thriller »Quadriga« und »Im Namen des Paten«. 2018: »Schönbrunner Finale«, der letzte Roman der sechsteiligen Nechyba-Serie. 2019: »Morphium, Mokka, Mördergeschichten«. 2020: der historische Roman »Alles Geld der Welt«. 2021: der dystopische Thriller »Micky Cola« und »Alt Wiener Küche«. www.loibelsberger.at

Makarewicz, Nicole

»Kein gutes Händchen«, Seite 75

*1976 in Wien, Journalistin und Autorin, studierte Kommunikationswissenschaft, Soziologie und Psychologie. 2009 erschien ihr Roman „Tropfenweise“, 2010 ihr Erzählband „Jede Nacht“ (beide Seifert Verlag). 2018 folgte ihr Thriller „Dein Fleisch und Blut“ (Holzbaum Verlag). Gewinnerin des Forum Land Literaturpreises 2009, des 12. Münchner Kurzgeschichten-Wettbewerbs und des Mölltaler Geschichten Festivals 2020. Zudem wurden ihr das Krimistipendium Tatort Töwerland 2012 sowie mehrere Arbeitsstipendien Literatur zuerkannt. Zahlreiche Veröffentlichungen in Literaturzeitschriften und Anthologien.
www.nicolemakarewicz.com

Manz, Eric

»Die Puppe«, Seite 92

Geboren im September 1943 in Mödling. Nach Studium an der HTL Mödling und TU Wien Übernahme des väterlichen Gewerbebetriebs.

Zum Schreiben erst durch eine Astrologin gekommen, die meinte, mit meinem Sternzeichen und dem dazugehörenden Aszendenten bliebe nichts anderes über als zu Schreiben.

Kochbücher zählten nicht zu meinen Favoriten, also verfasste ich Kriminalromane.

Davon gibt es bereits neun Bände, die alle im Verlag „Federfrei“ herauskamen.

Marx, Sabine

»Hedy und der Tankstellenüberfall«, Seite 15

Sabine Marx wurde am 12.April 1970 in Wien geboren. Nach der Matura absolvierte sie eine Bankausbildung und arbeitete 20 Jahre im Finanzsektor. Während ihrer Karenzzeiten begann sie mit dem Schreiben.

Gemeinsam mit Christine Wanda übernahm sie die Redaktion der vom Elternverein gesponserten Schulzeitung „Klecksi". Für Schulanfänger schrieb sie Buchstabengeschichten, die zur Vertiefung der neu erlernten Buchstaben dienten.

Sie absolvierte die Schreibwerkstatt Großrussbach und die Sommerakademie Venedig in der Klasse Creative Writing unter Dozent Dr. Julian Schutting.

Sie ist Mitglied der Österreichischen Krimiautorinnen und der mörderischen Schwestern.

Naber, Sabina

»Friedhofsdiebe«, Seite 45

Sabina Naber war nach ihrem Studium u. a. als Journalistin, Theaterregisseurin und Drehbuchautorin tätig, bis sie 2002 ihre Karriere als Prosaschriftstellerin startete. Bislang sind 13 Romane und unzählige Kurzgeschichten erschienen. Zudem arbeitet sie als Fotokünstlerin. Details siehe www.sabinanaber.at

Neumeyer, Christine

»Welcome to the Port of Scarborough«, Seite 51

Ich bin geborene Wienerin und Schriftstellerin sowie Organisationsassistentin an der Universität Wien. Seit 2013 schreibe ich historische Romane und Spannungsromane. 2020 erschien im Grafit/Emons Verlag der Schlosskrimi Der Offizier der Kaiserin und 2022 Schatten im Silsersee – beides historische Kriminalromane. 2023 folgt im Wiener Picus Verlag der zweite historische Schlosskrimi mit dem Titel Der Kuss des Kaisers. In meinen neuesten Romanen verbinde ich Kunst und Krimi.

Seit 2017 organisiere ich als Obfrau der Region Österreich des Netzwerks Krimi-liebender Frauen, den Mörderischen Schwestern, verschiedene Literaturprojekte. Außerdem bin ich vernetzt im Autorenforum "Montségur", beim Verein der "Österreichischen KrimiautorInnen" und beim Verein „Romane made in Austria“.

https://www.moerderische-schwestern.eu/wer-wir-sind/autorinnen/n/christine-neumeyer/

Kontakt: ch.neumeyer@gmail.com

Pfeifer, Günther

»Nachbarn«, Seite 36

Günther Pfeifer wurde in Hollabrunn geboren, lernte ein Handwerk, war Berufssoldat und arbeitet im Handel. Er schrieb mehrere Kriminalromane und Theaterstücke. Als "Sam Becker" schreibt er exklusiv für Roberts&Maclay auf Amazon. Günther Pfeifer wohnt im Weinviertel.

Pfolz, Karina

»Späte Ordnung«, Seite 11

Die Autorin und Malerin lebt in Wien. Sie schreibt im Genre Thriller und Kinderbücher, die sie auch illustriert. Sie ist mehrfache Preisträgerin für Ihre Bücher und die Illustrationen der Kunstbücher »Poetessa« brachten ihr eine Auszeichnung des ArtMuseumLuxemburg.
Pfolz ist Mitglied der KrimiautorInnen und der »Mörderischen Schwestern« und unterstützt mit ihrem Wirken unter anderen die Autonomen Österr. Frauenhäuser, und die Kinderkrebshilfe Wien. Zudem ist sie im Ausschuss der WKO Wien, Buch- und Medienwirtschaft.

Reichl, Eva

»Sachertorte«, Seite 7

Eva Reichl wurde in Kirchdorf an der Krems in Oberösterreich geboren und zog wenige Jahre später mit ihrer Familie ins Mühlviertel, wo sie bis heute lebt. Neben ihrer Beschäftigung als Controllerin schreibt sie überwiegend Kriminalromane und Kindergeschichten. Mit ihrer Mühlviertler-Krimiserie verwandelt sie ihre Heimat, das wunderschöne Mühlviertel, in einen Tatort getreu dem Motto: Warum in die Ferne schweifen, wenn das Böse liegt so nah.

Weiss, Rhena

»Die zweitbeste Lösung«, Seite 65

Rhena Weiss, Jahrgang 1969, lebt mit ihrer Familie in der Nähe von Wien und arbeitet als Sozialpädagogin mit Kindern und Jugendlichen.

Sie schreibt unter mehreren Pseudonymen für jede Altersgruppe. Die Thriller "Das Böse in euch", "Gottes rechte Hand" und "Der Kreis des Bösen" mit der Ermittlerin Michaela Baltzer erschienen im Goldmann Verlag. Derzeit arbeitet die Autorin an einer neuen Thrillerreihe.

Scharner, Helmut

»Moststraße«, Seite 79

Helmut Scharner wurde 1975 in Ybbsitz in Niederösterreich geboren, der heimlichen Schmiedehauptstadt Mitteleuropas. Er arbeitet als Sales Manager für den größten österreichischen Stahlkonzern. Beruflich wie privat reist er viel um die Welt, doch sein Dreh- und Angelpunkt ist das niederösterreichischen Mostviertel, in dem er mit seiner Familie lebt.
Helmut Scharner hat bereits mehrere erfolgreiche Kriminalromane geschrieben, die in seiner
Heimat verankert sind.

Zeller, Franz

»Halt«, Seite 83

Franz Zeller ist Wissenschaftsjournalist und Autor. Er verantwortet bei Ö1 u.a. die Sendungen Digital.Leben und Matrix. Für das Magazin GEHÖRT schreibt er monatlich eine Kolumne zum digitalen Alltag. Zuletzt erschien in der Reihe Krimikids "Das Geheimnis des Leguans".

Der Kauf dieses Buches unterstützt die:

https://kinderkrebshilfe.wien

kinder
krebshilfe
WIEN·NÖ·BGLD